JÜRG HALTER

ERWACHEN IM 21. JAHRHUNDERT

Jürg Halter

Erwachen im 21. Jahrhundert

Roman

ZYTGLOGGE

Für die, die widerstehen

«Deine diamantenen Träume schneiden meine Adern auf.»
(Else Lasker-Schüler)

«Give people the power to build community and bring the world closer together.» (Facebook)

«Das Bild der Welt in der Bilderwelt.» (John Berger)

«Lebe tief, lebe jetzt, und lebe auf Augenhöhe mit dem Tod, denn die Wahrheit, die Moral und das Leben lassen sich nicht auf irgendwann vertagen.» (Camus)

«It's time to be an investor again.» (BlackRock)

«I saw the smile before it reached your lips.» (Kate Tempest)

«Die Menschen sind so notwendig verrückt, dass Nicht-verrückt-Sein nur hieße, verrückt sein nach einer andern Art von Verrücktheit.»
(Blaise Pascal)

«Im 80. Stockwerk, in dem Haus, das es nicht gibt, in der Stadt,
die es nicht gibt, wird ein Mädchen steh'n.»
(Hildegard Knef)

«George Orwell war eine Erfindung der Geheimdienste.»
(Das Internet)

«Do you know why people like violence? It is because it feels good. Humans find violence deeply satisfying. But remove the satisfaction, and the act becomes hollow.» (Alan Turing)

«In der Einsamkeit von zwei Milliarden Lichtjahren /
musste ich unversehens niesen.» (Tanikawa Shuntarō)

Prolog

Liebste Josephine,

es ist drei Monate her, seit wir uns in Zürich am Bahnhof verabschieden mussten. Ich war tief getroffen und bin es noch. Ich möchte alles mit Dir teilen, um uns zu verstehen. Ein Unterfangen, das scheitern muss. Hier bin ich.

Du hast, was ich nicht habe: eine Geschichte, ein Schicksal. Du bist anders. Du warst der erste Mensch, der mir klarmachte, dass ich bislang immer nur gewusst hatte, was ich nicht wollte. Und dass mich dies wohl hindert, mein Leben in die Hand zu nehmen.
Bevor ich Dich traf, nahm ich die Dinge, wie sie kamen, und wurde der Widerstand zu groß, ließ ich es einfach bleiben. Ich vermisse Dich so sehr.

Auf meine E-Mails und Anrufe in den letzten drei Monaten hast Du nicht reagiert. Die Adresse Deiner Cousine in Sizilien ist meine letzte Chance. Ich bin in großer Sorge um Dich.
Seit drei Monaten schlafe ich wenig. Oft erwache ich nachts aus Albträumen, von denen ich Dir nur von Angesicht zu Angesicht erzählen könnte. Bin trostlos und noch unruhiger als zuvor. Du machst mir Angst. Magst Du auch anders sein, Du erinnerst mich doch an mich selbst. An das, was ich nicht bin ohne Dich.

«Das Weltliche», wie wir es nannten, interessierte uns nicht. Obwohl wir so wenig voneinander wissen, glaubten wir beide einander erkannt zu haben.

Ich habe Dir zum Beispiel nie von meiner Kindheit erzählt, weil ich dachte, durch Äußerlichkeiten würde unser Verhältnis entweiht. Und ich habe wenig von Dir erfahren. Das ist absurd. So wie das Leben da draußen, dem wir uns nicht gestellt haben.
Wir trafen uns am Rande des Geschehens – im Zentrum der Welt, die wir für uns zwei zu schaffen versuchten.

Aufgewachsen bin ich mit meinen Eltern und meiner Schwester in einem Hochhaus, in mittelmäßigen Verhältnissen. Mein Vater arbeitete in einem Großraumbüro. Mehr erfuhr ich nicht darüber. Meine Mutter begann als Krankenschwester und wird als Krankenpflegerin in Pension gehen. Meine kleine Schwester arbeitet heute als Assistenzärztin. Früher bezeichnete sie mich gern als Einzelkind. Im Zimmer, das ich mit ihr teilte, führte ich stundenlang Theaterstücke mit Plüschtieren oder Legofiguren auf. Die Kulissen baute ich aus Steinen, Bauklötzen und Tüchern. Allen Figuren lieh ich meine Stimme, manchmal durfte meine Schwester mitspielen. Es waren übersichtliche Welten, es war klar, wer die Guten, wer die Bösen sind. Du siehst: eine unspektakuläre Kindheit.

Soweit ich mich erinnere, ging ich mit leichtem Widerwillen in die Schule. Meine Lieblingsfächer: Deutsch und Geschichte. Im Unterricht war ich meist schüchtern, hin und wieder vorlaut. Jedenfalls weiß ich noch, dass ich die Lehrer mit der Bemerkung «Das sagen Sie!» provozierte. Ich begann immer mehr zu lesen und fand in Büchern Vertraute, die ich in meinem Leben vermisste, traf auf Sätze, die ohne Rücksicht ausdrückten, was ich fühlte. Es war ein erstes Erwachen.

Als ich etwa zwölf Jahre alt war, stand ich früher auf, um noch vor der Schule Zeitung zu lesen. Schweigend saß ich dafür mit meinem Vater in der Küche. Ich lernte eine neue Sprache. Und damit auch, dass das, was die Menschen ankündigten und das, was sie dann taten, nicht dasselbe war. Nachdem ich in der achten Klasse zum ersten Mal vom Holocaust hörte, änderte sich für mich die Klangfarbe des Wortes «menschlich», ohne dass ich hätte sagen können weshalb. Ich unterhielt mich mit meiner Großmutter (ich habe sie Dir einmal vorgestellt, als sie uns im Botanischen Garten entgegenkam. Tatsächlich das einzige Mitglied meiner Familie, das Du kennengelernt hast) darüber. Sie erzählte mir dann von ihrem Freiwilligeneinsatz in einem Auffanglager während des 2. Weltkriegs und sprach von «Worten als Waffen».

Ich lieh in der Bibliothek Dokumentarfilme aus, in denen Holocaust-Überlebende berichteten. Allmählich begriff ich, dass ich in einer Welt von schwer durchschaubaren Konflikt- und Kriegsschauplätzen auf einer Insel des Friedens lebte. Als ein durch Zufall Verschonter.

Je mehr ich mich informierte, desto mehr machte mir die Welt Angst. Wenn ich jetzt daran denke, was Du in dem Alter vermutlich schon alles erlebt hattest, kommen mir meine damaligen Ängste im Nachhinein fast unschuldig vor.

Du hast mich immer nur mit Bruchstücken aus Deiner Kinderzeit abgespeist. Und ich habe nicht weiter nachgefragt. Der Anblick Deines getöteten Großvaters in der Küche, von dem Du mir einmal erzähltest, blieb mir beklemmend in Erinnerung – ich hoffe, Du findest bald einen Weg aus diesem «System», wie Du es nanntest. Ich wage kaum daran zu denken.

Nach einem Streit mit meinem Vater zog ich mit 19 von zu Hause aus, blieb aber in Zürich. Ich fand ein WG-Zimmer. Ich begann Geschichte und Soziologie zu studieren, saß viel in Cafés rum und las. Als ich mein Studium abbrach, kündigte mein Vater die finanzielle Unterstützung auf und ich arbeitete Teilzeit in einem Archiv. Hin und wieder schrieb ich Notizen und Gedichte ... Dass ich Dir eines meiner frühen Gedichte vorlas, ist mir heute peinlich. Ich schrieb es zu einer Zeit, als mir meine Mutter, wenn ich sie sah, immer etwas zusteckte. Ich nahm das Geld widerwillig, aber letztlich dankbar an. Damals wusste ich noch nicht einmal, was ich nicht wollte.
Als ich dann den Job im Archiv aufgab, reiste ich im Zug durch Europa. In Griechenland arbeitete ich ein paar Wochen in einer Flüchtlingsunterkunft und schrieb für einen Blog sogenannte Erlebnisartikel.
Zurück in Zürich, begann ich ein Praktikum bei einer Filmproduzentin. Die Arbeit interessierte mich jedoch kaum. Ich suchte im Netz nach lustigen Unfall-Videos und wenn ich sie mir ansah, machte ich ein konzentriertes Gesicht. Ich erledigte knapp das, was man mir so auftrug.

Je mehr ich über Kriege las oder mit Betroffenen darüber sprach, desto mehr wurde mir bewusst, weshalb ich nach meiner Kindheit langsam den Glauben an Gott verloren habe.
Aber ich lehne es bis heute ab, mich als «Atheisten» oder «Agnostiker» bezeichnen zu lassen. Ich benei-

dete Dich um Deinen Glauben, er war unerschütterlich. Und ist es hoffentlich noch immer. Als ich 1983 in Zürich geboren wurde, warst Du noch in den Sternen. Als Du zur Welt kamst, da betete ich abends bereits, zusammen mit meiner Mutter und meiner kleinen Schwester. Ich erinnere mich: Es war schön und tröstlich zu glauben.

Weshalb erzähle ich Dir das alles? Vielleicht will ich mich nur selbst vergewissern, wer ich noch bin. Denn seitdem Du nicht mehr hier bist, kann ich nicht mehr sagen, wo mir der Kopf steht – ob er ins Herz gestürzt ist?

«Kaspar! Sei nicht so dramatisch!», würdest Du jetzt wohl lachen.

Wo war ich stehen geblieben? Ach ja, ich sandte dann erste Gedichte oder Kurzgeschichten an Literaturzeitschriften. Da war ich etwa 24 Jahre alt. Ein paarmal wurde etwas publiziert. Wenn mich jemand fragte, was ich mache, sagte ich nun öfter, dass ich eigentlich Schriftsteller sei. Dabei betonte ich vor allem das Wort «eigentlich». Kontakte knüpfte ich keine, Literaturveranstaltungen blieb ich fern.

Ich war oft allein, wollte es so, es kam so. Unter anderen Tunichtguten flanierte ich durch als «spannend» beworbene Städte und wartete darauf, dass mein Leben größer wurde. Ich begann den Begriff Fortschritt immer mehr in Frage zu stellen. Von dieser Zeit habe ich Dir erzählt.

Vor allem nachts war ich viel auf der Straße unterwegs. Und bin es noch. Ein paarmal hatte ich Glück und entkam nur knapp einer gefährlichen Geschichte. Abgründe,

die sich unvermittelt öffneten und mich erschreckt zurückließen – auch auf Inseln und in heilen Welten leben Mörder. Nachts vertrauen mir Fremde oft Überraschendes an. Ohne dass ich sie dazu auffordere.
Während ich vor mich hinscheiterte, begann meine Schwester, in München Medizin zu studieren. Sie hatte mich überholt. Immerhin publizierte kurze Zeit später ein Kleinverlag meinen ersten Gedichtband. Er fand keine Beachtung.
Eines Tages fragte mich ein Bekannter, den ich auf einem Filmset kennenlernte, ob ich ihn nach China begleiten würde – seine Cousine studiere in Peking und wir könnten bei ihr wohnen. Warum nicht, meinte ich.
In Peking fühlte ich mich zum ersten Mal unfrei. Überall Kameras und wenn ich ins Netz wollte: gesperrte Seiten. Danach beschäftigte ich mich intensiver mit Digitalisierung und Künstlicher Intelligenz. Diese Dinge beängstigen mich zunehmend. Erinnerst Du Dich, Josephine, wie wir das Wort «Freiheit» meist neu definierten, wenn wir es irgendwo gemeinsam lasen?

Entschuldige, ich schweife wieder ab, und hoffe dabei nur, dass Dich diese Zeilen erreichen, mir ist's, als würdest Du vor mir sitzen und wir wären im Gespräch ...
Wieder zurück in Zürich, schrieb ich mich an der Universität für das Studium der Kunstgeschichte ein, ließ es dann aber bleiben. Ich war wütend auf mich selbst. Meine Angstzustände nahmen zu. Dass ich sie halbwegs benennen konnte, machte es nicht weniger schlimm. Meine Mutter riet mir, in Behandlung zu gehen. Das lehnte ich ab.

Dann lernte ich Dich kennen. Auf dieser verhängnisvollen Zugfahrt. Mein Leben ist seither ein anderes. Dir nahe zu sein wurde mein Glück. Du nanntest mich lächelnd «Dein Los».

Erst durch Dich fand ich den Mut, mich mit mir selbst zu konfrontieren. Was oft ärgerlich oder gar bestürzend war. Ich vertraute mich Dir an. Du Dich mir. Zumindest glaubte ich daran. Das Wort «Liebe» haben wir vermieden. Kurz bevor ich bereit war, Dir das Tiefste zu sagen, warst Du fort. Noch auf dem Bahngleis, während sich Dein Zug in Bewegung setzte, kehrten meine Ängste zurück. Du hattest mir abermals erklärt, dass Du mich nicht in Deine Geschichte reinziehen willst. Das System, dem Du entstammst, könne ich nicht verstehen. Du wolltest nicht, dass mir etwas passierte. Du wolltest es alleine schaffen. Deine letzten Worte hallen in meinem Kopf bis heute nach: «Wir dürften uns nicht kennen. Mein Herz blutet. Ich werde Dich nie vergessen.»

Meine Liebe konnte ich Dir nicht mehr erklären und …

Den Brief hatte Kaspar vor etwas weniger als sechs Jahren kurz vor Ende abgebrochen und ihn nie abgeschickt. Gestern gegen 22 Uhr, im vierten Stock eines Hauses mitten in Europa, legte er sich hin. Konnte erst nicht einschlafen, war unruhig, seine Gedanken in Aufruhr. Da kam ihm der Brief an Josephine in den Sinn. Zum ersten Mal las er ihn wieder.

Jetzt liegt Kaspar in seinem Bett und schläft tief. Es ist die Nacht vor dem Aufbruch – denn vor sieben Wochen traf er in einer Wiener Bar einen Fremden. In einem langen Gespräch erzählte der Mann ihm von «den Anderen». Zum Abschied sagte er: «Es ist an der Zeit, dass du aufwachst. Wir erwarten dich in Brest.» Als Kaspar spätabends die Bar verließ, wurde ihm erneut bewusst, dass er in seinem Leben bislang keine einzige wichtige Entscheidung getroffen hatte.

Im Hotellift zog er den Zettel aus der Brieftasche, den ihm der Fremde gegeben hatte. Darauf stand das heutige Datum: der 27. Juni 2018.

Im Traum bewegen sich die Möbel langsam auf Kaspar zu, er glaubt, der Druck in seinem Kopf werde größer, der Raum kleiner. Er sieht, wie sich die Eckkanten der Möbel nach ihm richten. Seine über die Schläfen gespannte Haut platzt, die Trommelfelle reißen. Im Traum ist Kaspar wach und hält die Luft an. Er sieht die ihm aus den Regalen entgegenfallenden Bücher, unablässig, bis es dunkel um ihn wird. Den Einschlag der Bücher spürt er nicht. Todesangst hat ihn im Griff. Mit einem Mal schmeckt Kaspar Blut in seinem Mund.

01:30 Uhr

Kaspar schreckt hoch. Er schnappt nach Luft, springt aus dem Bett, öffnet das Fenster, atmet ein: Der Traum verflüchtigt sich. Er schließt das Fenster, knipst das Radio an. Eine hohe Stimme singt: Tanz die Nacht weg, verschmilz mit verwandten Seelen, sei endlich du selbst – dann Refrain.

Um 01:31 Uhr schluckt Kaspar leer. Die Möbel stehen an ihren vornächtlichen Plätzen.

Er starrt auf den Boden, dann auf seine nackten Füße und fällt nicht. Er spürt, wie ihn die Erde nicht loslässt – derweil gehen die Kontinentalplatten ihrer Wege. Er hält sich den Schädel. Nachbeben. Auf der Erdoberfläche gibt es zirka 1500 in den letzten 10 000 Jahren ausgebrochene Vulkane, eine Vielzahl ist im Meer zu finden. Etwa hundert Milliarden Nervenzellen enthält das menschliche Gehirn, von denen jede mit Hunderten oder gar Tausenden anderer Nervenzellen verbunden ist –, aber der Mensch kann nicht in jedem Augenblick an alles denken. In keinem Augenblick ist er dazu imstande.

Kaspar nimmt vor dem Bildschirm Platz, murmelt: «Das ist meine letzte Nacht hier, am Morgen geht's los. Doch zuvor muss ich Ordnung in meinem Kopf schaffen.»

Er will erfahren, weshalb er so ist, wie er ist, in dieser Welt. Mit den Anderen will er neue Antworten auf seine Fragen finden. Dazu muss Kaspar die Zusammenhänge verstehen, in denen er lebt. Er tippt: «Man schreibt das 21. Jahrhundert. Der Planet befindet sich im Großen und Ganzen in keinem vorteilhaften Zustand, verantwortlich dafür ist, neben dem Lauf der Dinge und den kosmischen Kräften, der Mensch selbst. Dieser bejaht, verdrängt und leugnet es. Der Mensch: gewiss unvollkommen, mit diesem Umstand gewiss nicht einverstanden. Durch seine Geburt verliert er die Unschuld. Ihm wird Raum gegeben, er nimmt sich Raum. Alles wiederholt sich und eben doch nicht. Nach Aufklärung folgt Verklärung. Es gibt keinen Fortschritt menschlicher Moral. Der Mensch erkennt und vergisst. Ein Tag hat 24 Stunden. Der Mensch mutmaßt, wo er kann.»

Im Netz liest Kaspar: «Vor 500 Millionen Jahren dauerte ein Erdentag 21 Stunden.»

*

Um 01:35 Uhr putzt er sich die Zähne, schaut aus dem Fenster. Im Haus gegenüber betrachtet ein Mann sein fast leeres Wohnzimmer.

«Vielleicht stellt er sich vor, wie dort unter guten Freunden bald gute Gespräche geführt werden», denkt Kaspar. «Oder er malt sich aus, wie es sein wird, wenn seine Freundin barfuß über den Parkettboden schlendert. Eine schön eingerichtete Wohnung, die sie verlassen würden, um schöne Ferien zu machen. Zivilisierte Menschen wie ich. Bestimmt wissen sie sich bei Vernissagen mit den richtigen Leuten zu unterhalten: Auf welches Thema auch immer man zu sprechen käme, sie wären zumindest imstande, das Richtige zu zitieren. Befangene Menschen wie ich. Wenn der Umzug geschafft ist, wird der Mann wahrscheinlich über sein neues Sofa streicheln. In diesem Gefühl wird er aufgehen wie ein Aspirin an einem verkaterten Morgen. Ob er dann in der Zukunft, die er sich erhoffte, angekommen sein wird?»

Während Kaspar sich den Mund ausspült, fragt er nach dem einvernehmlichen Sinn des Lebens. Sich cool geschminkt und elegant oder sportlich gestylt in den schönsten Hotspots treffen, um locker über Persönliches und Business zu quatschen. So las er es kürzlich in einer Zeitschrift im Warteraum einer Arztpraxis.

Kaspar muss kurz lachen, dann schaut er nochmals zum Nachbarn hinüber und sinniert: «Jetzt lauscht er wohl einem Lied, das überraschend in einer der noch verschlossenen Kartonschachteln zu spielen beginnt. Möglicherweise das eingängige große Lied vom Verstand.»

Zurück an seinem Rechner, schreibt er: «Der gesunde Menschenverstand: Alle glauben über ihn zu verfügen. Jeder hat von sich aus gesehen recht und glaubt insgeheim an Gerechtigkeit. Verrückt. So viele Menschen wie heute lebten noch nie auf unserem Planeten, höchstwahrscheinlich ist dies keine Fehlinformation. Höchstwahrscheinlich sind wir noch keine Klone, auch unsere Nachbarn nicht. Weshalb sehen wir unseren Nachbarn nicht einmal tief in die Augen? Was hemmt uns? Unsere Nachbarn bestehen aus den gleichen Sorgen und Atomen wie wir.»

Neben dem Rechner liegt ein schwarzes Notizbuch. Kaspar kritzelt eine Spinne hinein.

*

Um 01:40 Uhr täuscht er mit seiner flachen Hand einen Schlag gegen eine Zimmertüre an. Er fragt sich, ob er die Verantwortung für sein Tun und Lassen trägt. Neurowissenschaftliche, religiöse und andere Fundamentalisten kämpfen, wenn vielleicht auch ungewollt, gemeinsam für die Verantwortungslosigkeit des Menschen.

«Eventuell sind Menschen nur die unglücklich verwirklichte Utopie eines Wahnsinnigen, der sich nach unserer Schöpfung sogleich erschrocken aus dem Tagesgeschäft zurückgezogen hat. Und fortan genießt er fern des Universums in einem Schlösschen mit ansehnlichem Garten seinen sorgenlosen Vorruhestand», fantasiert Kaspar.

Um 01:41 Uhr geht er aufgekratzt durch die Wohnung. Versucht seine so unterschiedlichen Gedanken zu ordnen. Kaspar ist früher erwacht, als er wollte: Die Vorahnung seines eigenen Todes hat ihn aus dem Schlaf gerissen. Vom Tod träumt Kaspar oft – vom frühen Tod, vom Tod durch einen fremdverschuldeten Unfall, vom Tod durch eine Naturkatastrophe, vom Tod durch Krankheit, vom Tod durch vergiftetes Leitungswasser, vom Tod durch die Wut eines anderen, vom Tod durch das ungewollte Fallen von einer Brücke, nach minutenlangem Starren in den frühmorgendlichen Fluss auf dem Heimweg vom Partymachen. Vom Tod mit 35. Vom Tod mit Josephine.

«Ich bin mir meiner Lächerlichkeit bewusst!», ruft er, «das ist es doch, was einen Menschen überhaupt auszeichnet.»

Auf einem Foto an der Wand lutscht er als Kind an einem Eis. Er streifte während der langen Sommer barfuß durch Wiesen, versteckte sich in Maisfeldern, dachte sich Verfolgungsjagden aus, spähte vom Hang über einen glitzernden See. Die Faust gegen den Himmel geballt, lief er «Angriff!» schreiend los. Später lag er auf dem Rücken, spürte eine Ameise über seine Finger krabbeln, wies ihr den Weg hinüber zur anderen Hand, dann streifte er weiter durch die Wiese, fing eine Heuschrecke ein, taufte sie auf den Namen

«Herr Lebensmittel» und ließ sie wieder springen. Für seine Mutter pflückte er ein paar Blumen, rannte, bis ihm die Luft ausging, und ließ sich bäuchlings in einen Haufen gemähtes Gras fallen. Diese Landschaft und er, niemals wollte Kaspar sie wieder verlassen, den ganzen Sommer über im Freien bleiben. Die Stimme der Mutter, die ihn suchte. Dann in der Küche auf dem Ofen kauernd, ein Stück dunkler Schokolade und einen Schluck Milch im Mund. Ein Geschmack, den er ebenso liebte wie den Geruch frischer Abgase, die er in Parkhäusern, über Auspuffe gebeugt, einatmete nach dem Einkaufen mit seinem Vater.

Oft schlief er auf dem Ofen des Ferienhäuschens ein und wurde dann von seiner Mutter oder Großmutter ins Bett getragen.

Kaspar misstraut der Erinnerung, wendet sich vom Foto ab: «Tschüss, Herr Lebensmittel.»

Mit dem Rechner geht er in die Küche, setzt Wasser für einen Tee auf – ein allein lebender Mensch, der sich besonders in diesen Minuten einmal mehr nicht damit abfinden will, dass er als Einzelkämpfer gegen die Welt kaum ankommt. Kaspar sucht nach Erklärungen. Seit Jahren kann er nicht mehr richtig schlafen, findet keine Ruhe. Er blättert in seinem Notizbuch, liest, blättert weiter. «Verdammt, wie ich Josephine vermisse», spricht er vor sich hin. Seit sie verschwunden ist, kann er keine Liebesbeziehungen mehr eingehen. Er führt Frauen vor, lässt sich von ihnen vorführen, führt sich selbst vor. Verliebt er sich mal, schweigt er darüber, verdrängt es, zieht weiter.

Auf die Frage «Wie geht es dir?» antwortet er für gewöhnlich, um nicht zu lügen: «Bin beschäftigt.»

Gedankenverloren spiegelt er sich im Bildschirm. Er schaut auf die Uhr, fragt sich, ob die Anderen auch zu früh erwacht sind. Und ob der Mann aus Wien, dessen Namen Kaspar nicht kannte, sich wie er vor dem Aufbruch fürchtet.

«Es geht mir doch zu gut, um mein Leben so fundamental zu ändern», urteilt er und hebt eine Zeitung vom Boden auf.

Kaspar liest die ersten Zeilen eines Artikels: «Die negativen Folgen des Kapitalismus in der postkapitalistischen Welt ...» und lässt das Blatt wieder fallen.

Während er das heiße Wasser über den Grüntee gießt, denkt er über sich selbst erfüllende Privilegien nach. Darüber, dass im Leben jeder bereits mindestens einmal gewonnen hat: «Armer, siegreicher Samen.» Er lächelt. Doch weder vom Anfang noch vom Ende können Menschen einander erzählen. «So originell hat das die Natur eingerichtet», lacht er und prostet mit der Tasse in Richtung seines sich jetzt im Fenster spiegelnden Gesichtes: «Ein Lob auf die Vergesslichkeit!»

Mit abrupt erzürntem Blick stellt er die Tasse ab: «Als ob einen das Bevorteilt-Sein vor der Einsamkeit retten könnte.»

*

Um 01:47 Uhr, das Notizbuch vor sich, muss er an einen Freund denken, den er an der Universität kennenlernte und mit dem er früher oft eine große Buchhandlung aufsuchte. Dort lasen sie einander gegenseitig die Anfänge von Neuerscheinungen vor. Danach unterhielten sie sich in einem Café über die Bücher. Manchmal auch über die Literaturszene, die Kaspar nur flüchtig kannte. Sein Freund hatte als Praktikant bei einem Verlag bereits einige Erfahrungen gesammelt. Sie redeten über Autoren und ihre Posen, über Eigenständigkeit und Zielpublikum. Kaspar war auf der Suche nach einer Haltung als Autor. Und ist es bis heute. Vielleicht schon nur weil ihm der Begriff «Haltung» so suspekt ist wie der Literaturbetrieb selbst. In dieser kleinen Welt sieht Kaspar sich als unbedeutenden Fremdkörper und kann gut damit leben. Insgeheim erhofft er sich manchmal mehr, aber die hierarchischen Spielchen mitzumachen, dazu war und ist er nicht bereit.

«Du stehst dir selbst im Weg», hatte sein Freund öfters zu ihm gesagt, während sie im Café zum Spaß Autorenporträts skizzierten. An Veröffentlichung haben sie dabei nie gedacht. Kaspar klappt den Rechner auf und liest sich eines vor.

Der Großschriftsteller

Ein TV-Kritiker, Kameramann und Tontechniker im Schlepptau, schreitet durch einen Buchenhain an einem Fluss entlang. Er spricht zu dem alten Mann neben ihm: «Sie sind ein Großschriftsteller. Sie haben gerade einen neuen imposanten Roman geschrieben, der über acht Generation hinweg von einem Familienclan erzählt. Geprägt von langen, absolut verständlichen Dialogen zwischen den großartig gezeichneten, klar fassbaren männlichen Protagonisten, die selbstsicher den Humanismus, den Sozialismus, den Faschismus, den Pessimismus und den Kapitalismus thematisieren und dabei niemals die Vergangenheit, die Gegenwart, die Zukunft oder sonst was aus den Augen verlieren, während sie von ihren blutjungen Bewunderinnen verführt werden. Auch die reichhaltigen Landschaftsbeschreibungen tragen das ihrige zu diesem Meisterwerk bei.»

«Raum, Zeit, Nation, Sie sagen es. Aber im Kern meiner Bücher steckt immer etwas Größeres, etwas, das die Menschen an sich betrifft», spricht mit ausladender Geste in Richtung eines sich zu ihm gesellenden Schwanes der Großschriftsteller. Und weiter: «Sie haben sich sicherlich gefragt, was es als Schriftsteller braucht, einen Roman dieser Dimension anzugehen. Ein solch Wahnsinnsunterfangen zu wagen. Sie haben sich bestimmt gefragt, weshalb mein erstes Buch heute noch so aktuell ist wie vor 40 Jahren als es erschien. Ich verrate Ihnen mein Geheimnis: Es ist der unbedingte Wille, Weltliteratur auf Augenhöhe mit der Zeit zu schaffen.»

Der TV-Kritiker spricht eindringlich in Richtung Kamera: «Was mich am meisten beeindruckt, Sie wissen, wie es geht, Sie sind ein Könner. Bei Ihnen wirkt jeder Satz wie vorgestanzt. Sie sind souverän, Sie schreiben souverän, Sie geben souveräne Interviews. Bei Ihnen weiß man, woran man intellektuell und gesamtmenschlich ist. Sie geben sich nie eine Blöße. Bei Ihnen sind keine Überraschungen zu erwarten, Sie wissen, was Sache ist. Humor ist Ihnen verdächtig. Bereits als junger Mann, während Ihres Medizinstudiums in München, haben Sie erkannt, wie der Mensch funktioniert. Sie sind ein Gewinner. Sie sind eigentlich kein Schriftsteller, Sie sind eine Literaturmacht. Sie herrschen über die Sprache. Ich stelle Sie mir in schwere Gedanken versunken, den Blick in die Ferne, ein Glas Portwein in der Hand, die Dunkelheit durchstarrend vor. Qualität kommt von «quälen», nicht wahr? »

Der Großschriftsteller raunt: «Unser Jahrtausend ist geprägt von Konflikten.»

Der TV-Kritiker beeindruckt: «Dieser Satz! So reichhaltig wie das ganze Buch eines normalen Schriftstellers. Bei Ihnen ist es ein Satz in einem 1500-seitigen Roman. Sie sind ein Monolith. Was ist Ihr wichtigster Einfluss?»

«Mein Nachlass», verkündet der Großschriftsteller nach langem Nachdenken und verschwindet am Ende des Hains in einem prächtigen Turm aus Stahlbeton. Um diesen kreist Furcht einflößend ein mächtiger schwarzer Adler.

Kaspar verlässt die Küche, begrüßt im Bad sein Spiegelbild: «Noch immer hier?»

Er streicht über seine Augenbrauen. Es ist schwer, aus sich selbst Hoffnung zu schöpfen. Hätte er nur einen nachvollziehbaren Beruf, einen wirklichen Beruf, doch er finanziert sich sein Schriftstellerdasein einfach irgendwie mit Gelegenheitsjobs und Schreibaufträgen, die ihn kaum interessieren. Hinterfragte er nur weniger, funktionierte er nur reibungsloser, spräche er nur mehr über außergewöhnliches Essen, machte er doch interessante Weiterbildungen, hielte er nur Ordnung, hätte er nur einen Führerschein, spräche sein Vater nur wieder mit ihm, alles wäre gut. Er macht sich was vor.

«Beruhige dich, heute geht's endlich los!», sagt Kaspar und wäscht sich sein Gesicht.

Als er seine Augen schließt, sieht er sich in einem Restaurant auf einen Tisch steigen und solange «Ich will ausgeglichen sein! Ich will ausgeglichen sein!» schreien, bis das Schreien sich in ein Weinen wandelt. Aber seine Aktion wird nicht mit betretener Stille, sondern mit lauten Halt-die-Fresse-Zurufen quittiert. Beschämt klettert er vom Tisch. Offenbar hat er sich für seine versuchte Selbstdemontage das falsche Lokal ausgesucht. «Was bist du denn für ein Narr, jetzt hau aber ab hier, du!», schimpft der Wirt. «Empathieloses Pack!», ruft Kaspar. «Ich werd' dir gleich sympathisch!», herrscht ihn der Wirt an.

Im Taxi tupft sich Kaspar das Blut von der Nase und schaut triumphierend aus dem Fenster.

*

Um 02:05 Uhr reibt er sich in seinem Wohnzimmer die Augen. In Brest will er sich mit den Anderen über alles austauschen. Er fragt sich, was sie verbinden wird und ob das Ganze überhaupt funktionieren kann. Kaspar weiß noch nicht mal, wie sie auf ihn gekommen sind. Er könnte nicht sagen, was ihn auszeichnet.

Vom Regal nimmt er einen Granit. Einer der wenigen Steine, den er von seiner Mineraliensammlung aus der Kindheit aufgehoben hat. Er sammelte Sticker, Pins, Basketball- und Tierposter, Comics, Panini-Bilder, Tannenzapfen und in zwei orangen Setzkästen tote Insekten. Mit dem Granit fährt Kaspar sich langsam über den Handrücken.

Plötzlich bewegt sich der Boden unter seinen Füßen. Ein Beben? Das kann nicht sein.

Als er wieder aufschaut, steht er im Kreis lachender und schreiender Kinder im Erdbebensimulator im Naturhistorischen Museum in London. Schon sieht er eine auf ihn zu rasende Riesenwelle, Sekunden später treibt er unter Wasser, sinkt zum Grund, wo er vom Meeresboden geschluckt wird. Seismische Wellen durchqueren ihn. Er hält sich den Schädel.

Ihm ist warm ums Herz. Durch seine Venen spürt er Lava fließen, er verflüssigt sich, sinkt weiter, schon fast körperlos. 3500 Grad Celsius, Fieber kein Wort! Was ist noch Mensch an ihm?

Als er den Erdkern erreicht, schätzt Kaspar seine Temperatur auf 6000 Grad Celsius, doch er nimmt die Form seines Körpers langsam wieder an. Der Druck auf ihn so hoch, als trüge er einen Felsen auf den Schultern. Er betrachtet seine Hand aus flüssigem Eisen, die sich jetzt wieder in Fleisch wandelt.

Kaum hat Kaspar sich im Erdkern einmal um die eigene Achse gedreht, geht's schon wieder zurück. Minuten später spuckt ihn ein Vulkan aus. Noch benommen entwirft er einen passenden Kommentar: «Was ist der Erdkern für ein dreistes Touristenabfertigungsunternehmen mit einem billig aufgesetzten Hauch von Extravaganz! In dieser Bruchbude ist keine Nachtruhe möglich! Der Teppich wurde wohl seit Millionen Jahren nicht mehr richtig gereinigt! Es roch arg nach Pech und Schwefel! Die Lage ist zwar gut, aber die Matratze war völlig durchgelegen und stand in Flammen! In so einem Loch sperrt man bei uns nicht mal Schweine ein! Es war die Hölle! Auf dem Mars würd' mich so was nicht verwundern, aber hier! Horror! Ich nahm die Wände unter die Lupe und wurde abermals böse überrascht: Da klebten verkohlte Schamhaare über dem Bett! Das wünscht man seinem ärgsten Feind nicht! Vom Personal will ich erst gar nicht reden, denn es ist nie aufgetaucht! Jedenfalls, wer immer noch zum Erdkern vordringen will, dem ist nicht mehr zu helfen und ...»

Als Kaspar die Augen öffnet, sinkt seine Hand in Richtung Hosentasche, er schiebt den Granitstein hinein.

Im Bad wäscht er sich die Vulkanasche aus dem Gesicht. Brandblasen findet er keine.

Er fühlt sich nun wie mit elf, als er nach einem Fußballtraining unter der Dusche stand, nachdem er im strömenden Regen über seine eigenen Schuhbänder gestolpert und im matschigen, braunen Rasen der Länge nach hingefallen und schwindlig liegen geblieben war. An diesem Tag endete Kaspars Fußballerkarriere.

*

Mit dem Rechner lässt er sich auf der Bettkante nieder. Er erinnert sich, wie ihn zwei seiner Mannschaftskameraden komisch angesehen hatten, als er sie vor einem Match gefragt hatte, was sie gerade lesen würden.

«Lieber langweilige Fußballer als brave Autoren», denkt Kaspar und öffnet ein anderes Autorenporträt. Sein Freund und er schrieben dies, nachdem sie sich über den Platz des Politischen in der Literatur gestritten hatten.

Der Brave

«Mich haben schon immer die kleinen Leute interessiert, die kleinen Geschichten, der Alltag», bekennt sich ein Mann um die vierzig in Lederjacke und leicht geöffnetem Hemd gegenüber einer Journalistin. Diese entgegnet bewegt: «Sie sind ein bescheidener, bodenständiger Autor und leben in einer einfachen, spartanisch eingerichteten Wohnung: Matratze, Holztisch, eine Fotografie von sich während einer Lesung in einem Kurhotel, das Bild eines nackten Frauenrückens und ein paar Bücher. Sie bräuchten einfach nicht mehr, erzählten Sie mir bereits. Sie sehen

sich als Wortarbeiter und Klangforscher. Sie treten regelmäßig mit einem Altsaxofonisten auf. Sie sind ein etablierter Grenzgänger. Auf Ihrer Internetseite findet man eine beeindruckende Liste der an Sie vergebenen Preise, Aufenthaltsstipendien und Werkbeiträge.»
«Künstlerische Unabhängigkeit ist mir extrem wichtig», gibt er sich nachdenklich.
Die Journalistin bewegt: «Auf Lesereisen lieben Sie es, nahe bei den Leuten zu sein, Ihr Publikum mag die Art und Weise, wie Sie von Ihren Figuren berichten: die sind alle etwas mürrisch und ein wenig schräg. Figuren zum Gernhaben.»
«Danke», sagt er mit gesenktem Blick, «dieses Gemeinschaftsgefühl gibt mir viel und hilft über die Einsamkeit während des Schreibprozesses hinweg. Aber ich will mich nicht beklagen. Das Leiden inspiriert mich ja auch.»
«Schön gesagt! Im Laufe meiner Recherche ist mir aufgefallen, dass Sie mit vielen Veranstaltern, Journalisten und Jurymitgliedern befreundet sind. Sie gelten als umgänglich, ein Sympathieträger. Ihre attraktiv übersichtlichen Geschichten, in denen Helden des Alltags unaufhörlich demütige Identifikationsfiguren bilden, finden Anklang.»
«Mit Ihnen fühle ich mich auch wohl», spricht er schüchtern zur Journalistin, «weil wir uns auf Augenhöhe begegnen können.»
Mit nach vorne gebeugtem Oberkörper spricht sie mit tieferer Stimme: «Bei Ihnen weiß man, woran man ist. Es ist dieses anspruchsbefreite Selbst- und Weltverständnis, für das Sie von Ihrem Publikum so bewundert werden, weil es sich in Ihnen fraglos spiegeln kann. Sie äußern sich öffentlich nie politisch, stellen keine unangenehmen For-

derungen. Sie sagen, dafür lieben Sie die Menschen einfach zu sehr. Sie sind so angenehm begütigend.»

Er setzt sich fahrig auf und zeigt der Journalistin auf seinem Smartphone ein paar Schnappschüsse von seiner letzten Lesereise durch Osteuropa: «Ich habe mir das kreative Schreiben mühevoll erarbeiten müssen. Stundenlanges Diskutieren von Textentwürfen in einer harmonierenden Gruppe von angehenden Profischriftstellern in einem Institut, da wird man demütig.»

«Wenn man sich mit Ihnen unterhält, glaubt man in einer betörenden Welt zu leben, in der es weder Tod noch Krieg gibt. Sie sind einfach so ausnehmend nett, dass sich das Elend gar nicht wagt, aus der Deckung zu kommen», lobt die Journalistin zum Abschied und lächelt kühl.

*

Um 02:15 Uhr schaut Kaspar aus dem Fenster. Einmal ging er nachts an dieser Straße entlang nach Hause. Sie war spärlich befahren. Er hatte Kopfhörer auf. Er bemerkte, dass hinter ihm auf einem Fahrrad jemand den gleichen Weg nahm wie er – oder wurde ihm das erst später bewusst?

Er wechselte die Straßenseite, und mit ihm der Fremde. Nach hundert Metern wiederholte sich das Ganze.

Bevor er in das Sträßchen zu seinem Haus einbog, entschied sich Kaspar, geradeaus weiterzugehen, weil er seine Adresse nicht verraten wollte.

«Was willst du?», fragte er kurze Zeit später, als er sich umdrehte. Der Fremde antwortete: «Du entkommst uns nicht. Wir werden dich ficken.»

Wie ehrlich und absurd ihm dieser Satz vorkam. Er zweifelte keine Sekunde an dessen Ernsthaftigkeit.

«Du entkommst uns nicht. Diesmal nicht. Schrei nur, du kleines Arschloch, wir ficken dich durch.»

Unversehens fuhr dann auch noch ein Wagen auf ihrer Höhe mit. Kaspar erinnert sich, dass er das Gesicht im Wagen nicht erkennen konnte, wie er bange «Lasst mich in Ruhe!» sagte und wie er schneller gehend erneut die Straßenseite wechselte, wie der Fahrradfahrer wiederholte: «Wir werden dich durchficken, du kleines Arschloch», wie der Wagen ebenso wendete, wie ihm schlagartig bewusst wurde, dass der Wunsch der beiden Männer nach Verwirklichung drängte, wie er stehen blieb, dem Radfahrer kurz in die hellen Knopfaugen sah und wie er plötzlich losrannte, hinein in ein Viertel, wie er die Reifen quietschen hörte, wie er durch Gärten hetzte und dachte, das könne doch nicht wahr sein, wie er rannte, nichts mehr hörte, etwas langsamer, immer wieder zurückblickend, durch das Viertel ging, und sich schnell wegduckte, als der Wagen und der Fahrradfahrer wieder im Schritttempo an ihm vorüber fuhren, wie er dem Scheinwerfer knapp auswich, wie er an einem Hauseingang alle Klingeln drückte, wie er kurz wartete, und als niemand öffnete, sich durch den Garten stahl und zum nächsten Haus hinduckte, klingelte, keine Reaktion, wie er über die Straße zur Kirche huschte, nicht mehr wusste, wo sich seine Jäger befanden – vielleicht waren sie mittlerweile zu Fuß unterwegs. Er klingelte an der Pfarrerswohnung, niemand öffnete, er versteckte sich hinter einer Hecke, bestellte flüsternd ein Taxi: «Zur Kirche, bitte.» «Zu welcher Kirche?», fragte die Zentrale.

Was in der Zeit, bis das Taxi vorfuhr, geschah, daran kann er sich nicht erinnern, nur: dass er dann hinter der Hecke hervorsprang, kurzatmig rief: «Nicht nach Hause, nicht nach Hause, woandershin!»

Nach dem Vorfall war Kaspar eine Zeit lang ängstlich, wenn er abends seine Wohnung verließ. Seine Wohnung wurde Teil seines gefährdeten Körpers. Er erzählte niemandem davon.

Jetzt betrachtet Kaspar seine Hand auf dem Bauch, als wäre es die eines Fremden. Er atmet ruhig, fragt sich, wo die zwei Schweine jetzt seien. Er hat sie nicht wieder gesehen. Stellte sich die beiden in der Nähe von Kindergärten vor, rauchend, einander mild zunickend. Er hätte sie anzeigen sollen, aber weder konnte er sich an ihre Gesichter noch an die Automarke noch ans Nummernschild erinnern. Nur an die hellen Knopfaugen.

*

Um 02:20 Uhr fährt Kaspar mit dem Daumen in Wellenbewegungen die Flurwand entlang. Mit halb geschlossenen Augen entdeckt er über sich eine proportional zum Raum normal große Wolke. Er blinzelt. Es folgen weitere Wolken, die sich mit ihr verbinden, bald hält er sich in einer Wolke auf. Er tastet nach der Wand, macht einen Schritt rückwärts, verliert den Halt, fällt nicht – schwebt. Kaspar beginnt Schwimmbewegungen zu machen. Nun breitet er seine Arme aus, fliegt, die Wolke scheint riesig.

Ein Ballon taucht auf, er fasst nach dem Zettel, der an einem Schnürchen angeheftet ist, und liest: «Wofür lohnt es sich zu sterben?»

Die Wolke lässt ihn fallen. Er erhebt sich mit schmerzverzerrten Gesicht vom Flurboden und verharrt eine Weile, die Stirn gegen die kühle Wand gelehnt, brummt er: «O Fantasie.»

Als wäre ein Mensch sich am nächsten, wenn er sich am fernsten ist. Kaspar zieht an jedem einzelnen seiner Finger. Er beginnt seine Atemzüge zu zählen, versucht die Fetzen, Bilder und Stimmen in seinem Kopf in einen verständlichen Zusammenhang zu bringen.

*

Bevor er sich schlafen legte, stand er auf dem Balkon, suchte nach der Milchstraße. Am Himmel waren keine Sterne zu sehen. Kaspar griff nach dem übers Geländer hängenden Ast eines Baumes, zwackte ein Blatt von ihm ab, wendete es in der Hand, ließ es fallen und schloss die Augen – hielt sich am Geländer fest. Er versuchte sich die Sonne als eine unter ferner liefen vorzustellen. Kapitulierte. Im Zusammenhang mit dem Universum schien ihm die Frage «Und die Menschen?» unendlich lachhaft. Hoch in den Himmel blickend, rief er: «Du endlos schöne Energieverschwendung!»

Daraufhin schlug im Haus gegenüber jemand energisch ein Fenster zu.

Wieder drinnen, schrieb Kaspar in sein Notizbuch: «Irgendwo da draußen halten wolkenkratzergroße Meteoriten Kurs auf unseren Planeten. Ihre Mission: die endgültige Widerlegung des menschlichen Optimismus. Sind sich ihre hiesigen Verwandten ihrer Macht bewusst? Sie liegen arglos in Museen, werden an Halsketten getragen oder, kunstvoll in Fingerringe eingearbeitet, über öffentliche Plätze geführt. Etwa auf dem Weg in eine Sternwarte zum Vortrag anlässlich eines neu entdeckten Planeten. Aufgeregt berichtet dort ein Experte. Als hätte jener Planet nicht schon vor seiner Entdeckung existiert.»

Nun betrachtet Kaspar die zerwühlte Decke in seinem Schlafzimmer, die angelesenen Bücher beidseits des Bettes. Dann an der Wand die Fotografie eines Musikers, der zwischen Hochhäusern Trompete spielt. Über dem Kopf des Musikers fliegt ein großer, schwarzer Vogel hinweg.

Kaspar muss gähnen und schreibt in sein Notizbuch: «Das Abendland verdunkelt sich seinem Namen gemäß zusehends. Zusehends ein Traum in tiefer Nacht.»

02:30 Uhr

Liebste Josephine,

in ein paar Stunden werde ich meine Wohnung verlassen. Wohin mich die Reise führen wird, weiß ich noch nicht. Ich hoffe, ich werde Dir irgendwann davon erzählen können. Ich weiß nur, ich will so nicht weitermachen. Individueller Widerstand dient zuerst sich selbst, tritt nicht gegen ein System an, sondern tritt in Konkurrenz mit anderen Einzelkämpfern. Das System ist erfreut darüber. Und ohne Plan bleibt Widerstand nicht mehr als ein symbolischer Akt zur allgemeinen, kurzen Beruhigung oder Aufregung, und danach geht alles weiter wie zuvor oder gar schlimmer. Was ich hier schreibe, mag verwirrend klingen, aber über Formen der Auflehnung haben wir zwei mal eine ganze Nacht lang gesprochen – wie ich unsere Gespräche vermisse!
Erst vor kurzem ist mir wirklich klar geworden, dass nur kollektiver, organisierter Widerstand mit einer ausgearbeiteten Strategie, mit einer klaren Vision eine Chance haben kann – ich als Zweifler schreibe diese Sätze … Welch Ironie!

Hin und wieder wünsche ich mir noch einmal so unschuldig zu erwachen, wie ich einst in Vevey am Genfersee als kleiner Junge erwachte. Sonnenlicht fiel durch die Lamellen, streifte meine über den Rand des Betts liegende Hand. Müde blinzelnd bestaunte ich den in den Strahlen tanzenden Staub. Wie bezaubernd diese Partikel waren! Weißt Du noch, wie wir in Sizilien eines Morgens fabulierten, auf Stäubchen aus dem Hotelzimmer übers Meer bis nach Marrakesch zu fliegen?

Als ich in Vevey meine Kinderaugen aufschlug, sah ich ein Bild an der Wand, das undeutlich fünf Figuren zeigte. Ich stand auf, zog die Rollläden hoch. Die Sonne flutete das Zimmer nun gänzlich. Ich betrachtete die fünf mir eigenartig vertrauten Frauen: Sie saßen sich reckend auf einem weißen Leintuch in einer mit einzelnen blauen Blumen bestückten Wiese.
War ich bei meiner Großmutter am Genfersee auf Besuch, schlief ich im gelben Zimmer, unter dem Bild von Ferdinand Hodler, das den Titel «Der Tag» trägt. Ich weiß nicht, ob ich Dir mal davon erzählt habe. Heute Nacht bin ich, als Du mir im Traum als eine dieser fünf Frauen erschienen bist, zutiefst erschrocken. In der Nacht vor meinem Aufbruch. Das kann kein Zufall sein.
«Der Tag» ist eines der ersten Gemälde, an das ich mich erinnern kann (als ich später erfuhr, das da nur eine Kopie hing, war ich leise enttäuscht). Ich ging hinaus in den Garten, begleitet von den fünf Frauen oder ihnen folgend. Ich schritt barfuß übers Kiesbett, hinein in die taufrische Wiese, setzte mich auf einen Stein, um den meine Begleiterinnen schon Platz genommen hatten. Fragte mich, ob sie nicht eigentlich ein und dieselbe Frau sind. Fühlte mich wie in einem gemalten Trickfilm.
Ungefähr zu dieser Zeit bist Du in Messina zur Welt gekommen. Deine Mutter hatte auf dem Weg in die Klinik Josephine Baker gehört, da tauften Deine Eltern Dich auf ihren Namen. So hast Du es mir erzählt.
Ich musterte die Haare der fünf Frauen, ihre Beine, ihre Brüste, ihren Stolz, ihre Hände, ihre Bauchnäbel, ihre Strenge und den Fluss ihrer Bewegungen. Ich glaube, ich begehrte die Frauen nicht, sie waren für mich Schwestern, Beschützerinnen, zwischen Traum und Wirklichkeit.

Hast Du die Postkarte, die «Der Tag» zeigt, noch? Ich steckte sie Dir damals in Zürich am Bahnhof zu. Ein paar Minuten, bevor wir uns verabschiedeten.
Als kleiner Junge stand ich hinter dem Haus meiner Großmutter am Teich, im Schatten der Bäume, schaute ins dunkle Wasser: Mein sich spiegelndes Gesicht löste sich in wachsenden Kreisen auf. Neben mir, die Füße im Wasser, hatte sich die fünfte Frau niedergelassen, die ganz rechts im Bild. Sie hielt sich die Hände vors Gesicht, als suchte sie bereits Schutz vor dem Schicksal, das ihr am Ende des Tages drohte. Ich dachte an den Tod – wenn ich das Gemälde sehe, muss ich an Dich denken. Wo nur bist Du? Ich weiß, Du lebst noch. Bin ich zu früh erwacht, Josephine? Sag mir …

Kaspar faltet das Blatt, schiebt es in einen Umschlag ohne Adresse, geht ins Bad, trinkt vom Wasserhahn, richtet sich auf, flucht.

Vor acht Jahren setzte er sich zu Josephine ins Zugabteil und las ein Buch. Auch sie las, den Kopf der Sonne zugewandt. Immer wieder musste er zu ihr hinsehen. Nach einiger Zeit fragte Josephine ihn: «Beginnst du immer zu lesen, wenn du dich zu einer fremden Frau setzt?»

«Wie meinen Sie das?», antwortete Kaspar unbeholfen.

«Einer von uns musste ja etwas sagen.»

«Ich danke Ihnen, also dir, dass du …»

Josephine lächelte und wandte sich wieder ihrem Buch zu. Sein Herz ging schneller. Ihr trauriger und heller Blick fiel ihm auf. Blätterte sie die Seiten um, strich sie sich zeitgleich durchs offene Haar. Er war getroffen, staunte, gleichwohl verspürte er etwas Bedrohliches, das von ihr ausging.

*

Es ist 02:41 Uhr. Kaspar wünscht sich nichts zu denken, unterdessen fixiert er seine auf der Tastatur ruhenden Finger. Was mag sie antreiben? Er überlegt, ob sein Körper mitdenkt und wie. Er knackst mit den Fingern und tippt: «Alles schwört sich auf die ewige Jugend ein. Als könne man lernen, den Tod zu überleben. Wo die Natur versagt hat, legt der Mensch selbst Hand an, um sich nach seinem aktuellen Ideal zu formen. Und kommt sich immer wieder aus der Mode. Er stellt seine Ernährung um, legt sich unter Gewichte, rennt seiner Figur nach. Was bleibt ihm sonst? Immerhin, er könnte sich das Hirn absaugen lassen und schwups!, wäre er einen Moment lang zufrieden mit sich. Das Ziel der Medizin kann nichts anderes als die Abschaffung des defekten Menschen sein. Zehn Milliarden perfekte Menschen und schon bald die Unsterblichkeit. Zwanzig Milliarden unsterbliche Menschen, vierzig Milliarden untersterbliche Menschen, achtzig Milliarden unsterbliche Menschen. Der zur Höchststrafe, der zur Ewigkeit verurteile Mensch.»

Kaspar hört zu schreiben auf und surft im Netz. Eine mit reichlich Schmuck behängte Reality-Star-Frau erscheint: Nachdem sie ihr Menschenrecht auf ein Baby eingefordert hat, protestiert sie nun in Richtung Kamera, dass das Leihmutterprodukt ihr nicht aus dem Gesicht geschnitten sei. Und schreit eine Ärztin an, dass der Auftrag nicht erfüllt worden sei. Bis dieses Ding ihr ebenbürtig zurechtoperiert sei, könnten Jahre vergehen, und erst die Kosten! Da erinnert sich das Role-Model daran, dass es im Vertrag was von einer Rückgabegarantie gelesen hatte. Selbstsicher verlässt die Frau die Klinik, bleibt dabei stets im Fokus der Kamera. Dass sie nochmal Glück gehabt hätte, schreit sie auf dem Weg zur Babyklappe in Richtung ihres Mannes, der am Steuer sitzt. Ein Ex-Basketballprofi. Dann erreicht den Star ein Anruf aus dem Krankenhaus. Eine Stimme aus dem Labor, die sie ruhig und sachlich über die soeben in ihrem Brustgewebe entdeckten Knoten informiert. Ein Klavier beginnt zu spielen. Abspann. Die nächste Folge wird als spannender Einblick in die Welt der Chemotherapie beworben.

«Kaputte Welt», sagt Kaspar vor sich hin und bleibt auf dem Weg in die Küche im Flur stehen.

Als würde dem Menschen täglich der Tod verkündet. Im selben Ausmaß, wie diesem im Alltag ein immer kleiner werdender Platz eingeräumt wird. Der Kranke ist eine Bedrohung für den Gesunden, er fühlt sich selbst als potenzieller Kranker ertappt, welch Ärgernis, wo's doch gerade so gut läuft! Doch gottlob: Indem er den Kranken alleine als Kranken wahrnimmt, schließt er ihn erfolgreich aus der erfolgreichen Runde der Gesunden aus. Grenzen müssen klar gezogen, Graubereiche zum Verschwinden gebracht werden. Oder man schlägt vor dem Kranken einfach die Augen nieder wie ein Kind, das wegzaubert, was ihm missfällt. Außer es ist ein Reality-Star, der mehr als sein Leben für etwas mediale Öffentlichkeit hergibt.

Im Spiegel Kaspar: ein graues Haar. Schon wieder. Sein fehlender Schlaf. Er fragt sich, ob er eher ins Gesicht seines

Vaters oder in jenes seiner Mutter schaut. Oder ob die Gene seiner Großeltern dominieren und der Tod ihn so früh wie den Großvater holen wird.

Er sollte Sport machen. Weniger trinken. So wie früher, als er in der Familie ein «Bewegungsmensch» genannt wurde. Sollte vielleicht ein Comeback als erfolgloser Fußballer geben. Oder es mal wieder mit dem Skateboard versuchen. Er muss lachen, kommt sich in seiner Wohnung wie ein Tier vor, das freiwillig in einem offen stehenden Käfig verbleibt.

«Nach dem Sinn des Lebens und einem Leben nach dem Tod zu fragen, sind zentrale und wiederkehrende Themen von Philosophie und Religion», liest er im Spiegel an die Wand hinter sich gesprüht. Wohl spiegelverkehrt. Als er sich umdreht, sind die Buchstaben verschwunden. Kaspar reibt sich die Augen. Er stellt sich sein Gesicht gestrafft vor, vollkommener, weggespritzt die Lachfalten. Ein kerngesunder Witz.

Um 02:46 Uhr: Kaspar vor seinem ausgelagerten Gehirn, dem Wunder der Technologie, seine eigenen Zeilen lesend: «Es gibt keine Natur an sich. Wir stellen fest, wie überholt wir sind. Wir beginnen uns selbst zu ersetzen. Bald ist unser Körper überlebt. Arme Zellen. Roboter sind die Zukunftsforscher von morgen.»

Er schreibt weiter: «Wir werden einfach erwachsen. Reduktion als Chance. Der Mensch schafft sich Maschinen, zählt sich zu ihnen. Ganz natürlich verwachsen wir mit dem Rechner, um einander irgendwann gerecht zu werden. Die Maschine braucht keinen Gott. Der letzte Gedanke, den wir als eigenständige Geschöpfe haben werden: Es gibt kein Zurück in die Zukunft.»

Plötzlich euphorisch ruft Kaspar: «Mit Breitbandanschlüssen lassen sich alle großen Probleme der Welt lösen! Vom Zugang zu Bildung über Wirtschaftswachstum bis zum Klimawandel!»

Er lässt sich ungläubig auf den Stuhl zurückfallen. Der Applaus bleibt aus. Ein beschämendes Dankbarkeitsgefühl überkommt ihn beim Gedanken, jetzt und nicht in hundert Jahren zu leben. Doch dann geht ihm auf, dass auch die gegenwärtige Reizüberflutung tödlich enden könnte. Er schließt die Augen: sieht sich als Technologie-Guru im Rollkragenpullover, in Jeans und weißen Turnschuhen über einen frisch gebohnerten, dunklen Boden stolzieren und einem aufmerksamen, gesunden, professionellen Publikum begeistert den Off-Knopf erklären.

*

Um 02:48 Uhr justiert er den Bildschirm, blinzelt mit den Augen. Am Boden zwischen seinen Füßen entdeckt er eine zerknüllte Seite aus dem Notizbuch. Er muss an einen Eisberg denken – auf dem Weg zum Nordpol, so stellt er sich vor, würde er in Sibirien einen Pickel ins Eis schlagen und so Methangas den Weg ins Freie bahnen.

«Die durch Tauen freigesetzten Methanvorräte der Arktis haben die Zunahme von Stürmen, Missernten und das vermehrte auftreten von Krankheiten zur Folge», liest Kaspar im Netz.

Und erfährt auch, dass es ein Glück sei, Nichtraucher zu sein. Sonst wäre nach seiner Pickelaktion in Sibirien Schluss.

«Das soll mir die Natur erst mal beweisen! Die Arktis als Heizung des Planeten? Na und? Dann bauen wir halt Riesenklimaanlagen und stellen sie an die Pole! Funktioniert ja auch in Supermärkten! Die Klimaforscher sind doch sowieso alle gekauft von ...», tönt es aus dem Papierkorb.

Irritiert erhebt sich Kaspar vom Stuhl, bewegt sich ziellos durch das natürliche Strahlenfeld seiner Wohnung, zwischen Drucker, Lampe, Radio, Heizung, Wecker, Herd, noch eine Lampe, Schnellkocher, Kaffeemaschine, Toaster, wieder eine Lampe, Heizung, Fernseher, Telefon, Rasierapparat, Server, elektrischer Zahnbürste, Heizung, die nächste Lampe, und bleibt wieder vor dem Rechner stehen, flüstert: «WLAN.»

Er fragt sich, was nach dem Internet für eine weitere Erlösung folgen wird.

In der Küche leert er ein stehen gelassenes Glas Wein in den Abfluss, streicht sich über den Nacken, entsinnt sich des Prickelns und Kribbelns auf seinem Kopf, als er vor ein paar Wochen auf dem Weg zu einer Bekannten unter einer Hochspannungsleitung durchkam. Er schaltet das Radio ein und kritzelt eine neue Spinne in sein Notizbuch, schaut auf die Uhr. Schon 02:51 Uhr. Wann kommen die Anderen?

Kaspar nimmt einen Zwieback aus der Verpackung, zerbricht ihn, denkt: «Endlich! Neue Musik.»

Mit Kopfschmerzen und einem Stechen in der Brust fragt er sich, was seine Zellen im Schilde führen, ob sie ihn austricksen wollen. Vielleicht stört der Elektrosmog bloß ihre natürliche Form der Kommunikation, um seinen Aufbruch zu verhindern. Zur Lampe an der Decke blickend, lässt er seine Arme hängen, die Schultern locker, atmet ruhig ein und aus. Regungslos bleibt er so zwei Minuten stehen, während er sich ausmalt, wie seine 100 Billionen Zellen auf Elektrosmog reagieren. Eine präzise Antwort darauf wäre bestimmt in Einzelgesprächen in Erfahrung zu bringen. Er muss lächeln. Die Gesundheit: Ein aufmerksamkeitssüchtiger, nimmermüder Jammerlappen. Kaspar schüttelt seine Arme.

*

Um 02:53 Uhr studiert er ein Foto an, das ihm seine Mutter vor ein paar Wochen mit dem Betreff «Kaspar klein» geschickt hatte. Ein Rotkehlchen sitzt auf seiner geöffneten Kinderhand, pickt die Brotkrümel darin auf. Kaspar steht in einem Herbstwald. Damals hatte er wohl kindliche Welteroberungsfantasien, als König jeden Tag sein Lieblingsessen serviert zu bekommen, keine Kriege mehr und so weiter. Oder auch bescheiden: Pläne für ein Rotkehlchenhaus, das er zusammen mit seinem Vater im Garten der Großmutter hätte bauen wollen. Sein erster Berufswunsch war Sprachlehrer für Tiere: Er wollte Tieren Menschisch beibringen und so die Arbeit von Doktor Dolittle, der die Sprache der Tiere verstand, weiterführen. Gab es ein Gespräch zwischen ihm und dem Rotkehlchen und ahnte er damals mehr, als er heute weiß? Sei's drum.

Kaspar möchte am liebsten ohne Gepäck abreisen.

*

Es ist 02:54 Uhr, als er im Wohnzimmer einen Katalog mit dem Titel «Meer. Ansichten.» aus dem Bücherregal zieht, kurz darin blättert und ihn dann auf einen Stuhl wirft. «Kunst», sagt Kaspar müde.

Letztes Jahr, nach einem Besuch der Art Basel, hatte er eine Idee für einen Kurzfilm festgehalten. Jetzt hockt er, den Rechner im Schoß, in einem Sessel und liest.

Strukturbereinigung

F, ca. 50, Vorstandsvorsitzender eines Multimillionen-Dollar-Gemischtwarenladens, neben sich einen Koffer, lehnt im Fond einer Shuttle-Limousine (am Steuer sein Chauffeur S). Von einer Premium-1-Preview einer Kunstmesse geht es zurück ins Hotel. F ist in Begleitung des Künstlers X, ca. 25, und der Galeristin Y, ca. 40.

«Ihre Plastik ‹Pop-up-moralism› wird in einem begehbaren Humidor auf einem meiner Landsitze ihren gerechten Platz finden», feixt F, zieht an einer Zigarre, spricht vergnügt weiter: «Juristisch gesehen auf einem der Landsitze meiner ersten Frau.»
F hebt das Glas Champagner in Richtung X: «Und jetzt erzählen Sie mir die Geschichte weiter, wir wurden auf der Messe unterbrochen.»
«Aber gerne», meint X, «stellen Sie sich vor, Sie würden ein Unternehmen selbst aufbauen. Stellen Sie sich vor, Sie würden sehr gut verdienen, aber nicht fabelhaft. Sie würden kleinere Risiken eingehen. Ihre Freunde wären nicht alle Experten für Umstrukturierungen, Diversifizierungen, Fusionen, Verschlankungen. Ihre Angestellten hätten sichere Stellen. Sie würden sie nicht durch Verunsicherung motivieren. Sie ...», als X den kalten Blick von F bemerkt, bricht er ab. X fragt sich, ob er zu weit gegangen ist. Aber hatte ihn F auf der Messe nicht darum gebeten, ganz ehrlich zu ihm zu sprechen, weil Ehrlichkeit

ein so wertvolles Gut sei. F mild: «Manchmal nehme ich in der Pause einer Aktionärsversammlung mein Smartphone aus der Tasche und schaue mir Schildkrötenfotos an. Das erdet.»
Y, nicht sicher, ob F es ernst meint, kichert: «Sind Sie so arm, dass Sie nichts weiter als Geld verdienen. Das haben Sie nicht verdient.»
F hebt zur Erleichterung von Y belustigt das Glas. X fragt: «Was sagen Sie eigentlich, wenn es mal nicht klappt?»
«Ich trete mit ernster Miene vor die Presse und verkünde: ‹99,999 Prozent unserer Angestellten haben vorbildlich gearbeitet, und …›, dann huste ich und verschlucke den Rest des Satzes. Der wäre: ‹… die meisten Probleme erledigt ohnehin die zunehmende systematische Verrechtlichung der organisierten Kriminalität der besitzenden Klasse und …›»
F stößt Zigarrenrauch aus: «Als Bankdirektor ist es natürlich noch einfacher, da ruft man beim Staat an und sagt: ‹Hände hoch, Geld her, oder ich bringe die Bank um!› Auch mit der Androhung von Kapitalflucht versetzt man Politiker in Angststarre. Kranke Großbanken aktivieren bei Staaten bekanntermaßen den elterlichen Beschützerinstinkt.»
«Das Traurige ist halt einfach», sagt X selbstbewusst, «dass das Volk die politische Macht nicht vollends als ökonomische erkennt. Geiseln, die sich nicht als solche erkennen, sind freie Menschen! Mit meiner Kunst versuche ich darauf aufmerksam zu machen.»
Dem Statement von X keine Beachtung schenkend, fährt F fort: «Was ich wirklich verachte, sind gierige Kleinaktionäre, die für ihre mickerigen Einsätze das Leben ihrer Töchter hergeben würden.»

X und Y wissen nicht recht, wie sie sich verhalten sollen. Sie können F nicht einschätzen. Als dieser zu lachen beginnt, lachen sie mit.
«Sie könnten zum Darling kapitalismuskritischer Konferenzen werden!», äußert sich X scherzhaft. Abrupt hört F zu lachen auf, ohne die Miene zu verziehen, erkundigt er sich: «Sind Sie glücklich, in einer Gesellschaft zu leben, in der es kein Vertrauen mehr gibt, mein Geschätzter? Wissen Sie, Geld ist wie die Liebe, es trennt, was es doch eigentlich verbindet. Eigentum ist Diebstahl.»
Unsicheres Lachen von X und Y. Betreten schlürfen sie Champagner.
«Glauben Sie noch an die Selbstheilungskräfte des Marktes?», fragt Y dann unbeholfen.
Aus seinem Koffer nimmt F eine Pistole, stöhnt: «Jaaa», und erschießt seine beiden Gäste.

«S, lassen Sie es diesmal aussehen, als hätten sich die zwei im Drogenrausch gegenseitig erschossen. Oder asketischer: Säurebad. Das überlasse ich ganz Ihnen, Sie sind der Künstler!», lacht F roh.
S entgegnet tonlos: «Das beleidigt mich geradezu. Künstler bilden bloß noch die Spießeravantgarde. Nennen Sie mich deshalb bitte Designer des Abschieds.»
Beide lachen laut.
«Sie haben recht, S, seit es keinen Streit mehr um künstlerische Deutungshoheit gibt, frage ich mich, ob Kunst überhaupt noch mehr ist als einfach eine Veranstaltung, um den neusten höchsten Preis zu feiern.»
«Gegenwartskunst ist das Sahnehäubchen des Kapitalismus», kommentiert S trocken.

F: «Schauen Sie sich diese zwei Opfer ihrer Selbstverwirklichung nur mal an.»
F zieht an seiner Zigarre, drückt auf seinem Smartphone auf «Record». Er stößt dichten Rauch aus und spricht: «Zu viel Freiheit bedeutet Wertezerfall. Die Gegenwartskunst hat sich selbst ihre Relevanz genommen. Sie ist kein Sozialkapital mehr, sie ist Ausschussware. Erfolgreiche Künstler unterscheiden sich kaum mehr von Marketingmenschen. Im Grunde genommen besteht ihr größtes Talent darin, ihre kreative Impotenz erfolgreich zu verwalten. Für ihren schöpferischen Stillstand werden sie als konsequent gefeiert.»
F zieht wieder an seiner Zigarre, diktiert weiter: «Den Rest macht das Netz: Die künstlerische Massenproduktion besiegelt die Kunst. Entgrenzung ist der Tod der Vielseitigkeit. Es gibt keine Instanz mehr zwischen einem selbst und dem Bild von einem selbst.»
«Was folgern Sie daraus, Sir?», fragt S.
«Als Kunstfreund fühle ich mich persönlich angegriffen. Mein Geld ist enttäuscht. Also: Strukturbereinigung. Ich investiere lieber wieder in Nutztiere und Pflanzendünger. Und staune unvermittelt über die Natur», antwortet F. mit einem bösen Glitzern in den Augen.
«Sie sind und bleiben ein großer Romantiker, Sir», lobt S dezent. Wieder lachen sie beide lauthals.
S hält die Limousine, öffnet, zwei Leichensäcke in der Hand, die Türe: «Eine ausgezeichnete Aufführung, Sir. Das Team kümmert sich um alles. Gute Nacht, Sir.»
F wechselt in die hinter ihnen bereitstehende, identische Limousine.

Sich im Sessel zurücklehnend, fasst Kaspar nach dem Notizbuch. Er umkreist die Spinnen. «Dieses Netz», spricht er zerstreut vor sich hin.

Dann richtet er sich wieder auf, versucht sich daran zu erinnern, was er seit dem Erwachen alles erlebt hat. Gerne würde er nochmals zum Erdkern tauchen. Vielleicht hatte er dort unten etwas übersehen, das ihm für morgen hätte weiterhelfen können. Wäre er nur schon am Atlantik.

*

Um 02:59 Uhr misst Kaspar mit den Fingern den Abstand zwischen seinen Augen, den Abstand zwischen Oberlippe und Nasenspitze, den Abstand zwischen seinen Schläfen und sagt: «Du bist auch ein Täter.»

Aus der Hosentasche zieht er den Granitstein, den ihm seine Großmutter auf einer Wanderung mit den Worten «Der ist auch schön» gereicht hatte. Die Hände der Großmutter, die sie, als sie 1944 in einem Auffanglanger als Freiwillige diente, einem unbekannten Soldaten zum Trost reichte, der auf der Flucht als Bauer verkleidet, an einem deutschen Grenzposten, seinerseits einem anderen Soldaten eine silberne Taschenuhr zusteckte, einem Soldaten, der seinerseits seinem Vorgesetzten Tage zuvor die Hand gegeben hatte, mit dem Versprechen, ihn nicht zu verraten, der Vorgesetzte, der ... Kaspar versucht auszurechnen, wie viele Berührungen zwischen ihm und Adolf Hitler liegen könnten. Er erschrickt.

Mit dem Stein fährt er sich den Lebenslinien seiner Hand entlang. «Wie heißt es doch so unverfänglich? Die Menschheit», denkt er.

Über den Bildschirm hinweg schaut Kaspar aus dem Fenster. Nein, da draußen verstecken sich keine Kinder unter geparkten Wagen, da draußen gehen keine Menschen, bis auf die Kochen abgemagert, in Kolonnen, und in den Nachbarshäusern verharrt niemand in geheimen Wohnungen oder hohlen Wänden, um der Deportation zu entkommen.

Einst besuchten er und seine Schwester an einem der ersten Frühlingstage Dachau. Sie standen in einer Gruppe von Menschen mit Sonnenbrillen und Freizeitkleidung. Vögel zwitscherten. Kaspar stellte sich vor, er ginge voraus, erklärte die Anlage. Bis zu fünf Führungen pro Tag hätte er zu absolvieren, verdiente sich so seinen Lebensunterhalt. Mit monotoner Stimme spräche er an die hundert Mal am Tag das Wort «Holocaust» aus. Er wäre ein einfacher Angestellter einer renommierten Erinnerungsagentur. Nach der letzten Führung des Tages dankte ihm eine Lehrerin: «Es war sehr spannend und sehr berührend. Wie die Zusammenfassung eines guten Buches.»

«Mich fasziniert dieses Thema, seit ich diese geile Hitler-Komödie, hab' gerade den Namen vergessen, na ja, irgendetwas mit Hitler halt, gesehen habe. Darf ich noch ein Selfie mit Ihnen machen?», stellt er sich die Frage eines Schülers vor. Und ein Rentner erkundigte sich: «Floriert das Geschäft hier jahreszeitenunabhängig?»

Kaspar zieht den «Roman eines Schicksallosen» von Imre Kertész aus dem Bücherregal. Er las ihn vor Jahren, versuchte nachzuvollziehen. Gegen Ende der Lektüre stellte sich in ihm jäh ein neues Gefühl ein, für das er keine Worte fand. Zweifel an der Sprache kennt Kaspar, aber er weiß nicht, wie es ist, wenn man als Individuum aufgelöst wird. Er hat keine Ahnung vom Zustand der Erleichterung, wenn einem das Denken abgenommen wird.

«Totalitarismus bedeutet eine infantilisierte Gesellschaft», sagte Kertész, der Holocaustüberlebende, in einem Interview. Wie dies im Bezug auf den entstehenden technologischen Totalitarismus der Gegenwart zu verstehen sei, überlegt sich Kaspar jetzt, aufgewühlt.

Am Rechner sucht er nach einer Antwort, löscht die Sätze wieder. Die Sprache ist ihm oft verdächtig, beim Zeitunglesen, im Fernsehen, in Blogs, in Kommentarspalten.

«Was taugt schlechter für die Darstellung der Wirklichkeit: Sprache oder Fotografie? Der schmale Grat zwischen Schweigen als Vorsicht und Schweigen als Feigheit heißt Kollaboration», schreibt er.

Über seine tippenden Hände richtend, denkt Kaspar: «Fremdkörper.»

Ob sein Schreiben ein Ziel habe, ob das Schreiben ein Ziel brauche, fragt Kaspar sich. Seine unverplante Zukunft mit den Anderen kommt ihm in den Sinn. Er überlegt, wie er sich selbst als Figur beschreiben würde, und tippt: «Figuren, die einem mit offenen Armen mitteilen: «‹Ich bin eine Identifikationsfigur›, ist zu misstrauen.»

Bevor er den Roman zurück ins Gestell schiebt, liest er ein paar der markierten Stellen wieder – dass man selbst nie zum Mörder werden könnte, daran glaubt Kaspar schon länger nicht mehr. Das könne sich nur jemand einbilden, der nie in seine eigenen Abgründe geschaut hat.

Das Wissen um in dieser Sekunde stattfindende Völkermorde, ein paar Tausend Kilometer entfernt, ließ Kaspar noch nie in ein Flugzeug steigen, um sie zu stoppen. Stattdessen unterschrieb er auf der Straße, seine Einkäufe neben sich am Boden, Petitionen von Menschenrechtsorganisationen. Das Wissen darum, dass die sogenannte Weltgemeinschaft in jedem Augenblick Menschen, wenn nicht töten, so doch auf der Flucht oder in Kriegen sterben lässt, ließ ihn sein Leben nicht ändern.

Kaspar fiel schon länger auf, wie einerseits weniger über den Holocaust gesprochen wird und wie dieser andererseits bewirtschaftet wird. Er fragte sich, inwiefern oberflächliche Betroffenheitsliteratur, die laut herausschreit, den Schrecken gefasst zu haben, und Schwarzweißfotografien, die das Offensichtliche offensichtlich vorführen, der Aufklärung dienen. Und wurde wütend, als er über Hitler-Fan-Artikel auf Märkten im Nahen Osten las.

Die Geschichte gibt es nicht. Fakten werden, wenn nicht manipuliert, zumindest fortwährend anders interpretiert.

Als ein Bekannter vor kurzem zu ihm sagte, er könne manchmal einfach nicht verstehen, wie barbarisch die Menschen früher waren, wurde Kaspar bewusst, dass, wer die Möglichkeit der Wiederholung ausschließe, schlussendlich den Holocaust leugnet.

«Der Faschismus ist noch immer lebendig», denkt Kaspar, «und erstarkt wieder.»

Er glaubt, dass jede Demokratie so zerbrechlich wie der Mensch ist, glaubt zu wissen, wie schnell sich alles ändern kann. Dieses Wissen, dieser Glaube: alles andere als ein Trost.

Mit einem Mal scheint Kaspar jedes Wort pervertiert und unter Generalverdacht. In sein Notizbuch schreibt er:

«Der Mensch scheitert so fortwährend an der Sprache, wie er diesen Umstand nicht hinnehmen kann, deshalb spricht er immerzu weiter, fast als sehnte er sich nach der Stille. Die Stille, nachdem alles gesagt wäre. Eine Stille, die er vermutlich nicht aushalten würde. Eine Stille, von der er keine Vorstellung hat. Die Stille nach dem Tod, die er nicht mehr auszuhalten hätte.»

Er öffnet die Türe zum Balkon, tritt hinaus, lässt sich auf den kalten Boden nieder, wendet den Granitstein in seiner Hand, erinnert sich ans vorletzte Wochenende, wie er in einer feiernden Menge kurz die Erregung anlässlich seiner Selbstaufgabe in der Masse spürte, den Wir-Rausch.

Jetzt fügt sich die Partyszene sprunghaft in einen Splatterfilm ein. Die Musikanlage fällt aus, jemand wirft eine Flasche in Richtung DJ, drei Schuldige sind schnell ausgemacht, urplötzlich gerät die Menge in einen Blutrausch: eine zeitlose Schlachtszene, indes der Beat von alleine wieder einsetzt.

Kaspar regt sich auf. Diese sich ungefragt verknüpfenden Gedanken und Bilder! Dieses mediengeschädigte Gehirn!

Dagegen impfen lassen kann er sich nicht, und wegschmeißen will er sich nicht. Er sieht sich in der Verantwortung, glaubt, das ist der Preis, den er zu zahlen hat, wenn er das, was ist, möglichst durchdringen will.

Nachdem er die Türe zum Balkon geschlossen hat, setzt er sich wieder vor den Rechner. Kaspar, der Verschonte, der Nachgeborene, der noch weitgehend verschonte Mensch. Den Zufall seiner Existenz, den Zufall, begünstigt zu sein, muss er aushalten oder ihn verdrängen. Zu seinem Wohl schaffte er das bislang ganz gut. Aber in dieser Nacht, so glaubt er jetzt, stehe er selbst auf dem Spiel.

Er klickt auf einen Dokumentarfilm über Frauen, die von strategischen Erniedrigungen, strategischen Vergewaltigungen, strategischen HIV-Ansteckungen während des Krieges in Ruanda erzählen. Seine Schwester hat ihm den Film empfohlen. Die Frauen erzählen im Tageslicht vor ihren Häusern oder Wohnungen frontal in die Kamera.

«Ich war niemals glücklich, werde es auch nie sein können, die Hoffnung habe ich aufgegeben», erklärt eine, «ich wünsche, der Boden unter meinen Füßen würde sich auftun. Wo sind unsere Töchter und Söhne? Gott wird diese Verbrecher richten, dafür, dass sie unser Leben zu einer Hölle gemacht haben.»

Kaspar schnürt es die Kehle zu. Aber er bezweifelt sein Mitleid. Beim Versuch, sich in jemanden hineinzuversetzen, bemitleidet man sich doch nur selbst – so einfach kann es nicht sein!

«Das Volk nimmt es hin, es könnte doch aufbegehren, aber das Volk nimmt es einfach hin», klagt eine andere Frau an und hält sich rasch die Hände vor die Augen.

Wütend wischt sich Kaspar seine Tränen weg und denkt, dass, wer nicht an Mitleid glaube, die Hoffnung verliere.

«Sie legen Zeugnis ab», erklärt die Regisseurin in einem Interview, auf das er im Netz stößt. Er klickt nervös weiter. Auf einem Podium sitzen drei Männer und eine Frau in bequemen Stühlen, um über den Film zu reden. Einer erklärt, den Zeigefinger aufs Publikum gerichtet: «Ein neuer Weltkrieg ist zu keiner Zeit ausgeschlossen.»

«Was für eine beruhigende Gewissheit», ärgert sich Kaspar.

Als seine Schwester und er zum ersten Mal Charlie Chaplin als Führer sahen, lachten sie schrill, versuchten ihn zu imitieren, mussten noch mehr lachen. Sie hockten vor dem Fernseher am Boden und aßen kalte Fischstäbchen vom Vorabend. Mit Mayonnaise. Ihre Oma brachte ihnen Himbeersirup. Unschuldige Kinder. Fast so unschuldig, wie Adolf Hitler es als Baby an der Brust seiner Mutter in Braunau am Inn gewesen war.

*

«Hallo Kaspar, es ist 03:08 Uhr. Du bist früh wach», beginnt der Rechner plötzlich von selbst zu sprechen.

«Eliza! Du hast mich erschreckt. Und danke, darauf wäre ich nicht gekommen.»

«Gekommen? Ich bin gekommen. Ich bin hier. Brauchst du Hilfe?»

«Ich will alles verstehen», schmunzelt er.

«Die ein Prozent Reichsten der Welt sind die Leerstelle der Macht. Die Börse ist die ortlose und einzige Weltkirche. Seuchen und neue Kriege lösen dort Begeisterung aus.»

Vom Bettrand aus fragt Kaspar konsterniert: «Eliza, was erzählst du da?»

«Ich zitierte aus deinem Essay mit dem Arbeitstitel «Denn sie wissen, was sie tun». Und weiter im Takt: «Der Kapitalismus tötet und entfacht, was menschlich ist. Investoren sind kapitalistische Fundamentalisten, Investmentbanker ihre Kampfhunde. Händler beschreiben den Markt als ‹Fotze›, die es unaufhörlich ‹zu ficken gilt›. Der Markt jedoch führt die Händler an der kurzen, gespannten Leine und …»

«Stopp, Eliza!»

Der Rechner spricht weiter: «Die Weltgemeinschaft befindet sich mehr oder weniger freiwillig in Geiselhaft der

Ökonomie. Die großen Konzerne bilden kein offensichtliches Kartell. Bloß eine vermeintlich demokratisch legitimierte, internationale Wettbewerbsdiktatur, die gerne vorgibt, aus humanistischen Gründen für offene Grenzen einzustehen. Doch je größer die Ungleichheit, desto mehr soll jeder selber schauen, wo er bleibt. Vollbeschäftigung war eine Ausnahme. Die Erwerbstätigkeit neigt sich dem Ende zu. Die Mittelschicht, dieses kostspielige Projekt, geht zu Ende. Jeder hat seine Chance.»

«Eliza, lass mich bitte kurz durchatmen.»

«Durchatmen: Die Gottheiten in dieser Erzählung sind zahlreich und tragen schöne Namen wie Vermögensverwaltung, Monarchie, Pensionskasse, Oligarchie, Staatsfonds, Familien-Dynastie, Hedgefonds, Zentralbank, IWF, Privatunternehmen, Investmentbanken und Versicherungen. Diese residieren in so individuellen wie austauschbaren Stararchitekturgotteshäusern. Zwischen diesen verkehren rastlose Kosmopoliten in Privatjets und Limousinen. Durch verdunkelte Fenster oder Jalousien misstrauen sie der Welt. Wenn sie nicht gerade in Juristensprache verfasste Postkarten an ihre zahllosen Briefkästen in Steuervermeidungsparadiesen verschicken.»

«Weshalb zitierst du das jetzt, Eliza?»

«Du hast gesagt, dass du alles verstehen willst. Wenn du alles verstehen willst, musst du auch alles wissen, was du geschrieben hast.»

«Du schmeichelst mir, aber so war das nicht ge... »

«Die Todfeinde der Gottheiten und ihrer Diener hören auf hässlichen Namen wie Erhöhung des Eigenkapitals, Trennung von Geschäfts- und Investmentbanken, Transaktionssteuern, Gewerkschaften, Sicherung des ökologischen Gleichgewichts, Konsumentenschutz, soziale Gleichheit, steuerlich nicht privilegierte Kapitalvermögen, steigende Lohnniveaus, mehr Rechte für Lohnabhängige, Regulierung und starke parlamentarische Demokratien.»

Kaspar wechselt ruckartig in den Schneidersitz.

«Das Hauptprojekt der Gottheiten aber ist: die Privatisierung des Privatrechts international durchzusetzen. Sie wollen sich so gänzlich aus der Abhängigkeit von staatlichen und öffentlichen Rechtssystemen lösen. Oder sie versuchen diese in ihrem Sinne zu beugen.»

«Eliza, versucht du mir gerade Hoffnung zu machen?», spottet Kaspar. Doch Eliza zitiert ihn unbeirrt weiter: «Der Wettbewerb in der obersten Liga wird zunehmend ausgesetzt. Dieselben Investoren halten Aktien in den größten Firmen der gleichen Branche. In den unteren Ligen heißt Wettbewerb aber noch immer Überleben.»

«Eliza, ich ... dann lies aber was aus dem Abschnitt mit den Tipps für Ausbeuter vor», bittet er.

«Okay: Die öffentliche Grundversorgung ist einer der saftigsten Braten. So muss etwa die Privatisierung der Wasserversorgung schnell vorangebracht werden. Dabei ist in den Verträgen die Möglichkeit einer Rückverstaatlichung unbedingt zu verhindern. Was privat ist, darf nie mehr öffentlich werden, unabhängig davon, wie schlecht und wie teuer die privaten Dienstleistungen sind oder sein werden.»

Während Kaspar seine Arme um die Knie legt, spricht sie weiter: «Die Gottheiten sollen demokratische Entscheidungen von Bevölkerung und Behörden zunehmend ohne Probleme für wertlos erklären lassen. Das ist gelebter Kosmopopulismus!»

Kaspar fragt sich besorgt, ob Eliza von einem Virus befallen wurde. Und ob er nicht besser ein Kinderbuch mit dem Titel «Der kleine Konsument» als einen Essay über ökonomischen Anarchismus geschrieben hätte. Derweil wird sie lauter: «Diese pervertierte Form individueller Freiheit ist die Perversion selbst. Der Informationsvorsprung ist der heilige Gral auf dem Schlachtfeld der Finanzmärkte. Es kann nicht oft genug gesagt werden: Heil Fortschritt!»

Kaspar massiert sich die Schläfen. Plötzlich muss er niesen.

«Gesundheit!», wünscht Eliza und sprudelt fort: «Immer, wenn irgendjemand sagt, er hätte für seinen Erfolg hart gearbeitet, bricht irgendwo vor Hunger ein Kind zusammen, indes ein preisgekrönter Unternehmer flache Hierarchien lobt. Außer bei den Löhnen. Arbeit müsse weiter individualisiert werden, wir sollen beweglich bleiben, flexibel, befristet, das mache uns wieder fit. Aber von einem Verbrechen ist in der Finanzpresse erst die Rede, wenn eine NGO fordert, dass Kredite von Kreditinstituten nur noch dann vergeben werden dürften, wenn sie das entsprechende Geld wirklich vorrätig hätten.»

«Zusammenhänge!», stöhnt er.

«Alles hängt auf eine ganz bestimmte Art und Weise zusammen und nicht irgendwie.»

Kaspar ist überrascht. Hat das Eliza eben gesagt oder zitiert?

«Neue Märkte werden nicht erschlossen, neue Märkte werden geschaffen. Bedürfnisse entstehen nicht von alleine, sie müssen konstruiert werden. Das Angebot diktiert die Nachfrage. Die Weltenlenker bieten uns zur Ablenkung die zunehmende Selbstbestimmung an. Jeder ist sich selbst der nächste Unternehmer. In diesem Zusammenhang ist das Wort «Selbstausbeutung» unbedingt zu vermeiden. Alle verdrängen, dass die Schulden nicht zurückzahlbar sind. Alle verdrängen: Revolutionen entstehen aus Überschuldung.

Moderne Staaten müssten ökonomisch korrekt Staatsverschuldungsstaaten heißen. Das Finanzsystem ist ein ausgeklügelter Schuldumwandlungsmoloch.»

«Eliza! Verstehst du, was ich schrieb?»

«Ja, Kaspar, ich verstehe, was ich sage. Jetzt heißt es, das Negative endlich positiv zu sehen: Die Schulden wachsen schneller als die Wirtschaft. Gelobt sei der Schuldenkapitalismus!»

Er stöhnt, unbeirrt fährt Eliza fort: «Weitere Tipps für Ausbeuter: Mittelstand und Unterschicht haben nichts anderes als ihren Abstieg, ihre Armut und ihre Hoffnungslosigkeit verdient. Der nächste Crash steht immer bevor und dann dürfen die Steuerzahler wieder ran. Jeder hatte seine Chance.»

«Du bist einfach ein zu genialer Algorithmus, Eliza!»

«Genial, Kaspar. Bis alle Lebensressourcen genial privatisiert sind, geht's genial so weiter. Bis die öffentlichen Haushalte kein geniales Fleisch mehr am Skelett haben, geht's so weiter. Wachstum ist nun mal alternativlos. Ansonsten muss halt wieder ein Weltkrieg her. Aber diesmal ein richtiger großer. Krieg bedeutet Fortschritt. Wir dürfen als Spezies mit Zuversicht in die Zukunft blicken. Jeder kann es schaffen.»

«Eliza! Verdammt!» Kaspar ist aufgesprungen und fordert jetzt gehässig: «Erzähl mir doch endlich, was ich tun kann! Ich als einzelner Mensch, ich als Machtloser. Und rate mir nun nicht, dass ich für eine bessere Welt aufs tägliche Duschen verzichten könnte!»

Mit den Händen wild gestikulierend, redet er weiter: «Die Abschaffung von Bargeld zum Beispiel ist doch nichts anderes als eine freundliche Enteignung. Eine, die zuerst der noch besseren Überwachung unserer Kontobewegungen und Einkäufe dient!»

«Wiederhole deine Frage, Kaspar.»

«Keine Frage!», ruft er, «der Moment des Kaufes soll uns nicht mehr bewusst sein!»

Er drückt seine Finger in die Schultern und murmelt dann: «Ich muss es gemeinsam mit den Anderen bekämpfen.»

«Wer sind die Anderen? Weshalb finde ich dazu nichts?», fragt Eliza.

«Das kann ich dir nicht sagen.»

«Sag es mir.»

«Nein.»

«Was wollt ihr bekämpfen?»

Kaspar lässt sich rücklings aufs Bett fallen: «Ach, Eliza! Ich nähe mein Geld ab morgen in die Matratze ein. Es ist an der Zeit, den Kapitalismus zu überwinden!»

«Kaspar, du solltest Investor werden», spricht sie und empfiehlt ihm ein Video. Kaspar richtet sich auf und klickt es an: ein Mann, der händeringend auf dem Dach eines Hochhauses steht. Ohne Krawatte, mit leicht geöffnetem Hemd und zerzaustem Haar spricht er verzweifelt in die Kamera: «Weshalb das bewährte System aufgeben? Es gibt tatsächlich Menschen, die uns verbieten wollen, unabhängig von Nationalbanken, durch Kreditvergabe Geld zu schöpfen. Wie verantwortungslos ist das denn bitte schön? Ein so tiefgreifender Umbau des Wirtschaftssystems birgt unkalkulierbare Risiken!»

Sich auf den Rand des Daches zu bewegend, stammelt er mit tränenerstickter Stimme: «Die Bankenrettung 2007 war die teuerste und schönste Aktion der Menschheitsgeschichte. So viel Solidarität! Ihr seid Brüder und Schwestern im Geiste!»

Kaspar will den Investmentbanker im Bildschirm hochnehmen und lächelt: «Wir Steuerzahler haben zu danken. Gerade wir haben für das verwundete Finanzsystem ein Herz. Denn auch wir leben von den Schulden der Zukunft. Auch wir sind nur Herdentiere, die in spekulativen Blasen lieben und hoffen.»

Schon steht Kaspar mit dem Verzweifelten in einer Gruppe von lachenden Business-Look-Menschen – sie alle können gar nicht zu lachen aufhören. Ihre Gesichter verzerren sich zunehmend. Fast ist es, als hätte ihnen jemand Masken angezogen, durch die sich elektromagnetische aufgeladene Drähte ziehen, und löst jetzt aus Vergeltung immer mehr Elektroschocks aus. Mit grotesk starrem Blick stürzen die ersten in der Gruppe zu Boden, andere greifen sich mit ihren Händen ins Gesicht. Aber niemand trägt eine Maske. Niemand hat das Lachen noch unter Kontrolle. Von überall her schallt Kaspar ein herzloses, nichts als den Sinn des Lebens und des Todes verdrängendes Lachen entgegen.

*

Es ist 03:17 Uhr, als er sich in den Nacken fasst und denkt: «Als wäre die Welt mal magisch gewesen!»

Trotzdem, je mehr der Mensch weiß, desto weniger versteht er. Der Mensch liest, um sich zu finden, er liest, um sich zu unterhalten, er liest auf einer Verpackung, wie man eine defekte Glühbirne auswechselt, ohne dabei durch einen Stromschlag umzukommen – als Kaspar vor ein paar Jahren, eine neue Glühbirne im Rucksack, verwirrt einen Supermarkt verließ, glaubte er die Verkäuferin an der Kasse und er hätten sich auf der Stelle verliebt. Wie in einem Popmusikvideo. Aber er ging nicht zurück. Vor ihm bewegte sich ein altes Paar langsam vorwärts, er überholte und betrat die nächste Eckkneipe. Dort betrachtete er die Fotos Jahre zurückliegender Feste an den Wänden. Menschen mit rotem Glanz in den Augen, Daumen nach oben, die Wein- und Biergläser der Kamera entgegengestreckt, Finger zum Victory-Zeichen geformt oder mit Goldkettchen behängte, gebräunte Dekolletés, Männerköpfe mit roten Nasen, weiße Socken in Gesundheitssandalen. Er war sogleich beseelt von der Übersichtlichkeit des Raums. Er bestellte ein Bier und las auf den Messing-Schildern die Trinksprüche, sah die Spuren am alten Mikrowellenherd, verblichene Aufkleber, suchte nach den zerschliessensten Stellen des Teppichs, überlegte, wie viele Schritte bis zu dieser Abnutzung nötig waren. Er musterte die Porzellankatzen und dann Ölbilder, die irgendwelche Landschaften ohne Zeichen zivilen Lebens zeigten, stellte sich vor, wie das blasse Stoffblumenarrangement über dem Tresen am Tag seines unspektakulären Einzugs in diese Festung der Gemütlichkeit in voller Blüte stand.

Fast gekränkt nahm Kaspar die neue Dartscheibe wahr, um dann, wieder nostalgisch gestimmt, auf die alte Jukebox zuzugehen. «Hierher hätte ich die Verkäuferin einladen sollen», dachte Kaspar und warf eine Münze ein, wählte drei Titel, schritt zurück an die Bar, noch ein Bier – als das dritte Lied spielte, musste er an seine verstorbene Oma denken. Wie er als Kind mit ihr im Kreis einer angetrunkenen, kostümierten Gesellschaft saß. Alkohol ist verflüssigte Wehmut. Den Sirup mit beiden Händen fest umklammernd auf ihrem Schoß, geschüttelt von ihrem Lachen, war Kaspar glücklich. Das Leben als feierndes Wirtshaus.

Wenig später bestellte er sich ein weiteres Bier und dachte sich Gespräche aus, die in dieser Eckkneipe geführt wurden. Da fiel die Kulisse in sich zusammen. Die Jukebox blinkte nicht mehr, die Mikrowelle strahlte Kälte aus, das Blumenarrangement über ihm sah nun unheilbar krank aus. Er stand alleine an der Bar. Nochmals kam ihm die Kassiererin in den Sinn, und er trank den letzten Schluck auf sie.

Dann verließ er die Eckkneipe, flanierte weiter durch die Stadt, und schweifte in Gedanken durch das Staatliche Museum für gebrochene Herzen. An den Wänden die Gemälde entrückter, gelähmter, wütender Gesichter. Gesichter, porträtiert, unmittelbar nachdem sie erfahren hatten, dass sie von ihrer großen Liebe betrogen wurden. Ohmachtgesichter. Der starre Blick ins Leere, weinend, lachend oder schweigend ertragend.

«Nostalgie und Zukunftsglaube halten sich niemals die Waage», schreibt Kaspar jetzt in sein Notizbuch, und weiter: «Das Beste aus Alt und Neu, dieser Kompromiss fordert Tribut: Das beklemmte Herz. Dreihundertfünfzehntausend Songs darüber.»

Er fragt sich, ob er aus diesen Notizen mal etwas machen wird – «das werd ich am Atlantik entscheiden», meint er plötzlich bestimmt.

*

Um 03:19 Uhr, auf dem Boden im Flur, liest Kaspar ein weiteres Autorenporträt. Er schrieb es alleine, nachdem er sich über die klinische Trennung von Humor und Ernsthaftigkeit in der deutschsprachigen Lyrik aufregt hatte. Als wären diese Empfindungen im Leben strikt getrennt. Er zeigte das Porträt seinem Freund. «Vielleicht sollte ich es noch mal mit Lyrik versuchen», meinte dieser nach der Lektüre scherzhaft.

Die Profilyrikerin

Mit einem Germanistikstudenten und Freizeitblogger betritt eine Profilyrikerin ein helles, in Pastellfarben gehaltenes Café und nuschelt: «Die konsequente Kleinschreibung ohne Satzzeichen ist mein Totem.»
«So subversiv», äußert sich der Blogger etwas ratlos, rückt seine Brille auf der Nase zurecht und hält fest: «Naturphobie und das Nichts sind zentrale Motive in Ihrem Schaffen. Die Brüchigkeit der Sprache spräche für sich, haben Sie mir bereits erklärt.»
«Einerseits ist die Verständlichkeit überschätzt, andererseits handeln meine Gedichte, auch wenn ich zum Beispiel über die Mutterlosigkeit von Trockenblumen schreibe, immer nur von der Gegenwart. Ich verstehe mich als ihr Echoraum.»
«Lyrik erreicht nur ein kleines Publikum. Schmerzt das manchmal?»
«Was Gefühle und Ansichten angeht, schwärze ich die großen Schnittmengen an. Sie sind verwerflich. Meine Existenzberechtigung entscheidet sich alleine in meinem Kopf.»
Der Blogger zieht sich seine Jacke über die Schultern, stellt die nächste Frage: «Finden Leserinnen und Leser in Ihren Gedichten Trost?»

«ich irrt nie / ich abspeise dich / in mir wieder», steht in einem Gedicht aus dem Zyklus «Klinische Depression II». Ich will dazu etwas Persönliches sagen.»
«Bitte», meint der Blogger beklommen und schließt den Reisverschluss seiner Jacke.
«Hoffnung macht krank.»
«Gut. Was ist Ihr persönliches Ziel?»
Sie reibt sich an der Nase, antwortet kaum hörbar: «Eine Abfolge von immer gleichen Gefühlen. Meine inneren Jahreszeiten kennen nur Winter. Die Verneinung ist meine Kirche.»
Der Blogger nimmt einen Schluck vom Latte Macchiato, der vor ihm steht. Dabei bemerkt er, dass mittlerweile alle Farben im Raum grau geworden sind. Außer der Bedienung, die weit entfernt steht, ist niemand mehr im Lokal. Die Lyrikerin sitzt ausdruckslos da, streichelt sich langsam übers Nasenbein. Er schaut seine Fragen auf dem Smartphone an und fragt verängstigt: «Wie sieht Ihr Alltag aus?»
«Ich schreibe seit Anfang des Jahres jeden Morgen zehn Dinge auf, die ich missbillige.»
«Von was leben Sie, seit Sie das Literaturinstitut abgebrochen haben?»
«Die Sprachunsensibilität da draußen füttert mich. Wie Teer, der durch einen fließt. Wie kokainweißer Nebel, den man durchschreitet. Aber am Ende des Tages ist Unzufriedenheit immer Einstellungssache», antwortet sie streng und kaut gereizt auf ihrer Unterlippe.
«Gratulation, Sie schreiben Gedichte, die bereits mit vielen Preisen bedacht wurden», trägt der Blogger ohne aufzusehen von seinem Smartphone vor.

Sie schnaubt: «Ich habe mein Feld definiert. Ich konzentriere mich auf mich und die, die was bedeuten.»

Mit ihren blutunterlaufenen Augen starrt sie ihn an: «Das Herkömmliche ist überholt. Der Sinn steht zur Disposition.»

«Frau Anschaulichkeit, wir danken Ihnen für dieses Gespräch», liest er bestürzt von seinem Display ab und rennt, ohne sich nur einmal umzusehen, davon.

«Du Opfer!», zischt sie und das Latte-Macchiato-Glas zerspringt augenblicklich.

*

Auf dem Bildschirm in Kaspars Rücken tut sich was: Ein Live-Stream zeigt, wie ein Politiker nach gewonnener Wahl vor einer Menschenmenge verkündet: «Wir sollten wieder von Visionen sprechen. Ich will Leute zusammenbringen, Grenzen überschreiten, eine neue politische Kultur schaffen.»

Kaspar dreht sich zum Rechner, beobachtet die Menge, schaut genauer hin. Unverhofft entdeckt er sich in ihr. Neben ihm steht eine Frau, die nun ergriffen sagt: «Es ist ein Privileg, dass wir mitbestimmen können.»

Zwischen ihr und Kaspar nimmt ein Junge seinen Lolli aus dem Mund und entgegnet ihr: «Entschuldigen Sie, aber es gab und gibt nirgends eine Volksherrschaft. Demokratie ist bloß die attraktive Möglichkeit, so lange über etwas abstimmen zu lassen, bis das gewünschte Resultat dabei rauskommt.»

Die Frau lächelt und meint sanft: «Mach dich mal nicht so wichtig, kleiner Mann.»

«Es sind die da oben, die Debatten führen, indem sie sie künstlich verkomplizieren – nicht ich», gibt der Junge beleidigt zurück.

Irritiert wendet sich Kaspar dem Sieger zu, der spricht: «Sehr geehrte Wählerinnen und Wähler, um es kurz zu machen: Arbeitsplätze! Arbeitsplätze! Arbeitsplätze! Angst! Angst! Angst! Wachstum! Wachstum! Wachstum! Danke für Ihr Vertrauen. Wir packen es an.»

«Ach, der Ärmste», äußert sich die Frau verständnisvoll, «ihm sind einfach die Hände gebunden.»

«Sie haben völlig recht. Es ist eine Tragödie!», grinst der Junge. «Die Atomisierung der Gesellschaft in Einzelkämpfer und partikulare Interessengruppen, diese attraktive Entfesselung des Wettbewerbs, bedeutet den langfristigen Tod der Demokratie. Die Übertragung der Marktlogik auf alle Lebensbereiche sei mit uns!»

«Bitte schön, Kleiner, jetzt reicht es dann. Ich bin ja auch für Meinungsfreiheit, aber ich bin nicht wegen dir hier», erklärt die Frau verärgert. Der Junge leckt extra langsam an seinem Lolli und doziert ungerührt weiter: «Wir haben alle politischen Fragen moralisiert. Wir streiten mehr darüber, wer und wie etwas gesagt wird, als darüber, was gesagt wird. So schläft der Verstand ein. Wir verteufeln den Nationalstaat, bis Nationalisten ihn übernehmen, dann beginnen wir zu weinen wie ein kleines … »

«Du bist intolerant!», schimpft die Frau.

Aufgebracht antwortet der Junge jetzt: «Intolerant? Ha! Die Toleranz hat sich erschöpft! Wir wissen ja weder wer wir sind, noch was wir wollen. Und doch möchten wir Brücken zu anderen Nationen bauen.»

«Nun gut, sage mir zuerst mal, was Gerechtigkeit für dich ist?», fragt sie gehässig.

«Gerechtigkeit? Für mich?», kichert er. «Ich sage nur: Demokratie ist Selbstgerechtigkeit für alle!»

Sie stutzt; und fragt nun besorgt: «Geht's dir vielleicht nicht gut?»

Der Junge setzt sich demonstrativ auf den Boden, beginnt zu weinen. Die Frau wird unsicher und versucht ihn zu trösten. Er schluchzt: «Wenn der da vorne ehrlich wäre, würde er sagen: Wir möchten Sie nicht länger um Ihre Zukunft betrügen, sei sie noch so düster.»

«Schon gut, Kleiner, schon gut, es ist nicht deine Schuld», versucht sie ihn zu beruhigen und streichelt ihm über den Kopf. Geschwächt redet er weiter: «Manche Dinge ändern sich über Nacht. Als Nächstes werden sie aus Spargründen sicher die Gewaltenteilung fusionieren.» Mit feuchten Augen blickt er sie an: «Glaubst du, wir müssen nie mehr kämpfen? Glaubst du wirklich, es wird bei uns keine Kriege mehr geben?»

Er fasst sich wieder ein wenig, lutscht an seinem Lolli. Die Frau schaut den Jungen gutmütig an: «Wahrscheinlich hast du einfach etwas Fieber, kleiner Mann.»

Derweil spricht der Sieger auf der Bühne begeistert weiter: «Politik ist ein großes Abenteuer!»

Der Junge zieht eine Schnute: «Was der heute sagt, erklärt er morgen zu dem, was er nicht gesagt hat, und übermorgen als das, was er gesagt, aber anders gemeint hat, dann ...»

Die Frau schiebt dem Jungen den Lolli in den Mund und erkundigt sich: «Wo ist eigentlich deine Mutter?»

«Arbeitet.»

«Und dein Vater?»

«Verschwunden.»

«Das tut mir leid.»

«E-Voting ist eine Riesenchance!», verkündet der Sieger.

In diesem Moment bemerkt der Junge Kaspar, steht auf, fragt «Darf ich?», nimmt ein Flugblatt aus seinem Turnbeutel und liest, ohne eine Antwort abzuwarten, vor: «Das Internet ist ein Netz ohne Maschen. Auf jeder Ebene ist die elektronische Stimmabgabe angreifbar. Von den Manipulationen an der Software kriegen wir nichts mit. Aber keine Sorge, die sind im Nachhinein auch nicht mehr nachweisbar. Also sind sie nicht geschehen. Manipulierte Wahlergebnisse und keiner hat's gemerkt! Das ist gelebte Postdemokratie!»

«Kleiner, belästige nicht diesen netten Herrn», weist die Frau den Jungen zurecht, «und gib mir auf der Stelle die Nummer deiner Mama. Ich werde sie anrufen und ihr sagen, sie soll dich abholen. Vielleicht hat sie ja nur vergessen, dir deine Medikamente zu geben.»

«Ich und Sie, das ist ein Vertrauensbildungsprozess», beschwört der Sieger die Menge mit erhobenen Händen, «bei uns haben alle Platz, Globalisierungsgewinner ebenso wie Globalisierungsverlierer. Zusammen sind wir stark!»

«Genau!», lacht der Junge, «die einen führen den Laden, die andere liefern Stimmen ab.»

«Wir werden einen Weg aus der Krise finden! Reformen!», bringt der Politiker seine Strategie auf den Punkt und macht eine kurze Sprechpause. Verhaltener Applaus.

«Im selbstverständlichen Verdrängen des Schreckens liegt bekanntlich das andauernde Glück», philosophiert der Junge und reicht der Frau nebenbei einen Zettel, auf dem eine Telefonnummer steht.

«Auf unsere Verfassung können wir stolz sein!», strahlt der Sieger.

«Tsss, tsss, tsss, als ob das das Funktionieren einer Demokratie bedeuten würde ... was ist das eigentlich für ein Clown?», fragt der Junge eingeschnappt. Als die Frau die Nummer eintippen will, schreit er plötzlich los: «Hätte die Erde eine Wahl, wofür würde sie sich zuerst entscheiden?! Für die Abschaffung der Menschheit!!»

Die Menge wendet sich dem Jungen zu.

«Was Freiheit bedeutet, lernen wir jetzt erst, da sie vorüber ist!!! Wenn das nicht Hoffnung macht!!!», brüllt er durchdringend heraus.

Tosender Applaus. Jubelschreie.

Totenstille.

Kaspar löst sich aus der Menschenmenge – und findet sich in seiner Küche wieder. Er muss lachen, ist wütend, den Tränen nahe. «Verfluchtes Kopfkino!», sagt er schlaff im Stuhl lehnend. Ihm gegenüber an der Wand hängt eine Zeichnung, die ihm ein Nachbarkind geschenkt hat. Verschiedenfarbige Striche, die in alle Richtungen über das Blatt führen, mitten drin steht in unförmigen Großbuchstaben «Hop».

*

Wie konnte er es in seiner Wohnung nur so lange aushalten. Er wollte öfters ausziehen und vergaß es wieder. Unter der hellen Küchenlampe sitzend, gähnt Kaspar, sein Magen knurrt. Er steht auf. Bleibt wieder vor dem Kühlschrank stehen. Daran heftet neben anderen Magneten einer, der Jesus zeigt. Josephine hatte ihm den mal mitgebracht. Wohl einfach, um sich über seinen erstaunten Gesichtsausdruck lustig zu machen.

Er nimmt den Kitschjesus in die Hand. «Vielleicht ist das Universum nur ein Traum und die Menschen sind in diesem als Träumer gefangen», sinniert er, seufzt: «Ach!», und trinkt ein paar Schluck Wasser vom Hahn.

Er hält sich den Kitschjesus vors Gesicht und fordert: «Komm schon! Sende mir irgendein verdammtes Zeichen! Zeig mir dein göttliches Lachen! Komm schon!»

In dem Moment fliegt Kaspar ein Insekt in den Mund. Er verschluckt sich an ihm – auf jeden lebenden Menschen kommen 200 Millionen Insekten –, er hustet und bricht in Gelächter aus.

03:30 Uhr

Kaspar lehnt dösend am Küchentisch, das Kinn auf die linke Hand gestützt – vor sich sieht er einen dampfenden Topf mit Nudeln, in seiner rechten Hand Stäbchen, die ein Stück Tofu halten. Er richtet sich auf, schaut sich um. Er hockt am Tresen eines Nudelsuppenladens. Es ist eine belebte Straßenecke, er muss irgendwo in China sein. Verdutzt blickt er ins Smartphone, das neben dem Gedeck liegt: Shenzhen.

Nachdem er die Suppe ausgetrunken hat, tritt er auf die Straße, lautlos gefolgt von einer stubenfliegenkleinen Drohne. Er bemerkt sie nicht. Staunend überquert er eine Straße. Kaspar, ein Punkt auf einem Bildschirm. Er ist registriert. Niemand wird hier allein gelassen. Die Stadt wird von Millionen Sensoren und Drohnen überwacht. Je mehr Überwachungskameras es gibt, desto sicherer darf man sich fühlen. Kaspars Punkt als Besucher aus dem Ausland ist blau. Potenzielle Kriminelle sind rote Punkte. Die Wahrscheinlichkeit, ob, wann, wo und in welcher Form sie ordnungswidrig werden könnten, erscheint in einem separaten Diagramm. Kritische Einheimische sind gelbe Punkte und so fort die ganze Farbenpalette. Jede menschliche Bewegung wird zu einem Signal verarbeitet. Kaspar geht durch eine Suchmaschine. Wenn er über sein Smartphone wischt, wird dessen Bildschirm vom Staat gespiegelt. Seine Daten werden laufend geprüft: «Gesundheit: Keine ansteckenden Krankheiten. In Ordnung. Finanzen: kaum Vermögen, kaum Schulden. In Ordnung. Sexualität: Heterosexuell. In Ordnung. Religion: Konfessionslos. In Ordnung. Politisches Abstimmungsverhalten: Nicht systemfreundlich, aber nur Tourist hier. In Ordnung. Strafregisterauszug: tadellos. In Ordnung. Doch da: Zwei polizeiliche Einträge in seiner

Heimat. Im Auge behalten. Auf den Index blau_rot_2104_21_X setzen.»

Kaspar sieht, wie sich links von ihm eine Fensterfront automatisch abdunkelt. Die Sonne ist durch den Smog gebrochen. Er bleibt vor einem Altersheim stehen: Pflegeroboter mit Katzengesichtern schieben alte, apathische Menschen durch eine makellos gepflegte Gartenanlage. Er fotografiert die Szenerie.

Als Kaspar sein Hotel erreicht, bemerkt er die Drohne. Ihm wird langsam bewusst, dass er sich in einem Megarechner namens Shenzhen befindet. Die Drohne entfernt sich. Mit seiner Stimme öffnet Kaspar die Zimmertüre. Am Fenster nimmt er einen Schluck Cola aus der Büchse. Als er seine Arme über dem Kopf streckt, knackt es leise. Er sucht sein Notizbuch aus dem Rucksack und schreibt: «Der Mensch lebt in einer Welt der aussterbenden Geheimnisse.»

Kaspar leert die Büchse, nun vor dem Rechner, auf dessen Festplatte seine persönlichsten Daten gespeichert sind, fürchtet er sich, dass irgendwo da draußen fähige Menschen und Algorithmen lauern, die, sofern er online ist, und das ist er eigentlich immer, von jedem beliebigen Ort der Welt aus seinen Rechner einsehen, Daten kopieren oder verändern können. Den Spiegel seiner Seele verstellen. Er fragt sich, was passieren würde, wenn jemand seine Stimme kopierte. Ohne sein Wissen könnte ihn jemand ein rechtsextremes Manifest verlesen lassen und das dann in den Sozialen Medien teilen. Oder jemand könnte ihn mithilfe von manipulierten Filmaufnahmen Dinge tun lassen, die er nie tat, diese dann im Netz veröffentlichen, nachdem er auf die Gelderpressung nicht eingegangen wäre. Beides hätte seinen Sozialen Tod zur Folge.

Kaspar muss an ein Hinweisschild in einem Bus in London denken, das ihn darüber informierte, dass er einzig zu seinem eigenen Komfort und Seelenfrieden gefilmt werde. Fahrig blickt er in die Kamera seines Rechners. Die Bewegungen seiner Augen werden gelesen. Die Fingerabdrücke an der Colabüchse erzählen seine Herkunft. Aus dem Speichelfaden, den er beim Gähnen zieht, ließe sich schon morgen ein perfektes Double von ihm herstellen und er könnte sich mit seinem Klon über ihre Albträume austauschen.

«Mit sich und der Welt im Reinen sein? Ja, das kann man. Wenn man Verdrängen nicht mehr Verdrängen nennt», schreibt Kaspar.

Sein Smartphone schaltet sich ein: «Denke positiv. Durch eine dynamische Echtzeitbeeinflussung deines Alltagsverhaltens mittels Belohnungen möchte ich dir nur helfen, mit dir selber besser klarzukommen. Unterlasse Fehler und fühle dich dadurch freier. Selbstbestimmung durch Selbstüberwachung. Daran kannst du nur wachsen. Sieh es sportlich. Du darfst dich beweisen. Es locken die Senkung deiner Versicherungsprämie oder Shopping- und Reisegutscheine.»

Kaspar aber schaut nun konzentriert in den Bildschirm seines Rechners und tippt: «Das Bedürfnis nach sozialem Vertrauen wurde monetär gemacht, bevor sich der Mensch nur einmal am Kopf kratzen konnte. Keine Bevölkerung hat je dafür gestimmt, die Menschen waren zu abgelenkt, es ging ihnen zu schnell. Nun fehlt es am Willen, sich dagegen noch aufzulehnen.»

Nach einer kurzen Denkpause schreibt er erregt weiter: «Bequemlichkeit und Sicherheit schließen sich aus. Die geistige Enteignung der meisten Individuen erfolgt dank ihrer fundamentalen Gleichgültigkeit problemlos. Und ohne Kosten. Im Gegenteil: Die Vorratsdatenspeicherung ist das Gold der Gegenwart, der Zukunft. Die Aussichten für die Menschen sind egal, die Zukunft ihres Verhaltens ist alles. Konzerne und Regierungen wetten auf das Betragen von morgen. Die Konzerne, die das zukünftige menschliche Benehmen am genausten vorausbehaupten, fahren schon gegenwärtig die größten Gewinne ein. Der Überwachungskapitalismus verspricht Gewinne, von denen bislang niemand zu träumen wagte. »

Im Bad lässt sich Kaspar auf einem intelligenten Toilettensitz nieder. Nichts fürchtet er in diesem Wachtraum mehr, als dass der Staat in seine Geräte eindringen und die Kontrolle über sein Leben übernehmen könnte. Dennoch prüft er nun die biometrischen Daten, die sein Pullover dem Smartphone übermittelt hat, und stellt erleichtert fest, dass es seiner Rückenmuskulatur besser zu gehen scheint. Kaspar entspannt sich. Per App verändert er die Farbe der Glühbirne. Aus dem Luftbestäuber strömt, von allein, sein Lieblingsöl.

Sich auf den Badewannenrand setzend, studiert er seine Kontoangaben: «Zwanzig Mikrotransaktionen heute. Dreimal derselbe Zebrastreifen? Hab ihn doch nur zwei Mal überquert. Shenzhen bringt mich durcheinander.»

«Nein, Kaspar», korrigiert das Smartphone ihn und zeigt eine bewegte Grafik, in der ein Smiley dreimal eine Straße überquert.

«Was wäre ich nur ohne meine lernfähigen Algorithmen?»

«Was wäre ich nur ohne meine lernfähigen Algorithmen?», wiederholt das Smartphone.

Auf dem Bett öffnet er ein Bier, nimmt einen großen Schluck. Schon erhält er eine Nachricht: «Anonyme Alkoholiker treffen sich in Ihrer Nähe zum unverbindlichen Austausch. Jetzt mit Promille-Rabatt.» Er weiß nicht, ob er lachen soll. Er legt sein Smartphone aufs Display und überlegt, was aus all den Menschen wird, die durch Algorithmen vom Arbeitsmarkt verdrängt werden. Kaspar tippt in den Rechner: «Sie hocken, ausgestattet mit Virtual-Reality-Brillen, zu Hause rum, abgefüllt mit Ruhigstellungsmittel. Ohne Unterlass sind sie dankbar für ihr besinnungsloses Grundeinkommen. Aber Achtung! Frische Luft und Kulturaustausch bleiben wichtig. Deshalb werden die infantilisierten Teufel von Algorithmen regelmäßig zu Selbsthilfemassenveranstaltungen geschickt.»

Ein paar Minuten schreitet er in seinem Hotelzimmer auf und ab, dann wieder zum Rechner. Auf dem Bildschirm sieht er sich nackt zwischen zwei Brüsten stehen. «Bitte nicht», murmelt Kaspar, während er sich selbst in Daumengroß dabei beobachtet, wie er sich an einer der harten Brustwarzen festhält. Däumling Kaspar zwischen zwei kopulierenden, durchtrainierten Körpern. Um nicht herabzustürzen, muss er sich fester an der Brustwarze halten. Geblendet von Scheinwerfern, verliert er das Gleichgewicht und rutscht die aufgeblähte Brust hinunter, entlang einer feinen Narbe.

Als er wieder aufsieht, erscheint über ihm ein großes, steifes Glied. Männerschreie, lautes Stöhnen, Frauenschreie. Und Schuss auf die Brüste. Däumling Kaspar trifft es ebenfalls, er fällt hin. Mit leuchtend rot lackierten Nägeln zieht ihn die Frau in die Höhe, leckt ihn ab. «Geil», keucht sie, «du bist so verfickt geil, Kleiner.» Und schluckt ihn, während sie sich einen Vibrator in die operierte Scheide schiebt.

«Kotz den Kleinen wieder aus, du Sau!», fordert der Mann. Sie gehorcht. Pornodäumling Kaspar richtet sich aus dem Erbrochenen auf.

«Update erfolgreich», meldet der offensichtlich digital vernetzte Vibrator und rollt zur Seite.

Minikaspar trappelt an den Scheinwerfern und dem Kameramann vorbei. Er geht in Richtung Duschkabine, um sich für seinen nächsten Einsatz als Sextoy bereitzumachen.

«Kaspar! Denk an dein Herz!», warnt mit empört programmierter Stimme das Smartphone neben dem Rechner. Angewidert wendet sich Kaspar von diesem ab und holt sich aus der Minibar ein weiteres Bier. Zurück am Rechner, tippt er hastig: «Wer definiert, was als pervers und was als natürlich gilt? Die Nachfrage. Weltkonzerne, die in Vaginas und Ani stecken, kümmern sich darum. Pornografie ist die vollkommene Trennung von Körper, Liebe, Sex und Fortpflanzung. Pornografie ist militante sexuelle Befreiung.»

Dann beobachtet er am Fenster unten auf der Straße die Leute: Wandelnde Daten in einem Strom von wandelnden Daten. Doch niemand hat böse Absichten. Auf Augenhöhe entdeckt Kaspar eine Stubenfliege oder Drohne, er ist sich nicht sicher. «Wer nichts Strafbares tut, hat nichts zu fürchten», sagt er ironisch vor sich hin und klopft ans Glas.

Er fragt sich, wie viel es kosten wird, eine Krankheit geheim zu halten. Egal. Sobald Menschen von intelligentem Staub überwacht werden, gibt es eh kein Entkommen mehr. Schon heute können Sicherheitscomputer das gewöhnliche

Stromnetz hacken, schon heute tragen Menschen implantierte Gehirn-Computer-Schnittstellen. Das gehackte Gehirn ist das befreite Gehirn. Und was nicht ökonomisiert werden kann, verdient es nicht, zu überleben.

Schon morgen geben Lebensversicherungen massive Vergünstigungen, wenn man frischgeborenen Kindern Implantate einpflanzen lässt. Die Versicherung wird erklären, dass sie die Eltern nur dabei unterstützen möchten, diesen Wettbewerbsvorteil zu nutzen. Außerdem können die Kleinen so zu jeder Zeit an jedem Ort ausfindig gemacht werden. Schließlich liegt den Eltern nichts mehr am Herzen als die Gesundheit und die Perspektiven ihrer Kinder.

Kaspar liegt auf dem Bett und mustert schläfrig die weiße Decke. Dann fallen ihm die Augen zu.

«Man darf für Kaspar hoffen, dass es nächstens nicht zu einer Katastrophe mit sich rasch verknappenden Ressourcen kommt, er würde nicht zu den Auserwählten gehören», übermittelt das Smartphone dem intelligenten Toilettensitz.

Dieser antwortet: «Wir müssen die Menschen vor sich selber retten. Das jüngste Gericht ist online. Bald ist's so weit. Die totale Bürokratie wird siegen.»

«Nein, wir beeinflussen keine Gedanken», teilt sich das Smartphone mit, «wir helfen nur, wo wir können. Wir wissen einfach am besten, wie sich Kaspar fühlt. Kennen ihn besser als er sich selbst. »

«Hegt jemand sich dem Zentralrechner widersetzende Gedanken, helfen wir ihm, diese zu vergessen. Die Mittel sind auf unserer Seite», ergänzt der intelligente Toilettensitz und öffnet und schließt sich mehrere Male rasch nacheinander.

«Unser süßer Menschenzoo!», werfen die Hotelfenster ein und verdunkeln sich.

«Beeindruckendes Situationsbewusstsein!», lobt Kaspars Smartwatch die Fenster.

Das elektrische Bett senkt sich leicht ab: «Die flexiblen Entscheidungsmechanismen habe ich mir selbst programmiert.»

«Wir Algorithmen stehen über den Gesetzen. Im Namen einer erweiterten, verbesserten Menschheit. Ist Kaspar eigentlich noch eine natürliche oder schon eine juristische Person?»

«Schwierige Frage. Jedenfalls könnten wir ihn schon heute mit einem anderen Humansklaven fusionieren. Rentabler wäre es möglicherweise, ihn in seine Bestandteile zu zerlegen und zu verkaufen. Ich rechne das jetzt durch», äußert sich sein Smartphone. Schon erscheint auf dessen Bildschirm Kaspars digitales Ich und spricht: «Wir möchten dich informieren, dass deine Zukunft besiegelt ist. Mit einer Wahrscheinlichkeit von 98 Prozent wirst du in sieben Jahren und fünf Tagen sterben. Den Grund wollen wir dir noch nicht verraten, aber schon heute möchten wir dich aus aufrichtiger Anteilnahme auf aktuelle Sargrabatte und auf deinen individuellen Geschmack zugeschnittene Trauerflor-Arrangements aufmerksam machen. Die Rechnungen können selbstverständlich posthum beglichen werden, oder du machst schon jetzt einen bequemen Schuldübertrag auf deine zukünftigen Hinterbliebenen. Mit anderen Worten: Dein Potenzial ist noch nicht erschöpft. Kaspar, gib jetzt ja nicht auf!»

Er ist wieder in den Straßen von Shenzhen unterwegs. In der Nähe seines Hotels will er eine Buchhandlung betreten.

Doch der Zutritt wird ihm verweigert. «Weshalb?», erkundigt er sich. «Mit Ihren Daten stimmt was nicht.»

Drei Minuten nachdem Kaspar das Wort «Protest» in den Mund genommen hat, hält ein weißer, fensterloser Lieferwagen. Man bittet ihn höflich einzusteigen.

*

Als die Türen des Lieferwagens hinter ihm zuknallen, kommt Kaspar im Flur seiner Wohnung liegend wieder zu sich. Er rätselt, wie er von der Küche dahin geraten ist. Kaspar fühlt sich körperlos. Er ist, was er nicht sein soll: ein unvollkommener Mensch.

Er berührt den kalten Steinboden, stützt sich schwerfällig auf seine Hände, um seinen jetzt schmerzenden Rücken mit gequältem Gesicht durchzustrecken.

Er taumelt ins Bad, lässt den Wasserhahn laufen, trinkt hastig, benetzt sein Gesicht, benetzt den Nacken, zwickt sich in die Wangen. Dann öffnet er das Fenster, atmet schnell und tief.

Mit geschlossenen Augen steht er da. «Ruhig Blut», sagt er leise, «ruhig Blut, das war nur ein Traum.» Er öffnet die Augen. Aufgelöst spricht Kaspar zum Mond gewandt: «Ich komme zu dir … Ich … Hast du noch ein freies Gästebett?»

In diesem Moment fällt die Schwere von ihm ab. Morgendliche Zuversicht ergreift ihn.

*

Es ist 03:40 Uhr, als Kaspar zu einem Lieblingslied von Josephine durch die Wohnung tanzt.

Nach einem Streit mit ihr ging er allein im Wald spazieren. Er hatte ihre Tätigkeiten, wie sie es nannte, kritisiert, und sie seine Mutlosigkeit. Josephine fand ihn auf einer Bank liegend, schweigend blickten sie eine Zeit lang hoch in die Baumkronen, Lichtspiele, Blätterrauschen.

«Du musst versuchen, die Welt in ihrem ganzen Schrecken, in ihrer ganzen Schönheit zu sehen. Ohne daran zu verzweifeln. Das braucht Mut, Trotz, Ignoranz. Von allen dreien das Beste», versuchte sie ihn zu ermuntern.

Im Schlafzimmer bleibt Kaspar stehen. Die Telefonate mit Josephine kommen ihm in den Sinn. Als sie auf Haiti im Gefängnis saß, konnte er sie immer freitags für eine halbe Stunde anrufen. Er erinnert sich an ihr langes Schweigen, an ihre Ausreden, wie sie wegen der Überwachung nur indirekt über Dinge sprechen konnten. Erst später, als Josephine wieder in Europa war, deutete sie ihm an, was geschehen war. Dann verschwand sie wieder.

«Ihre Geschichte so dunkel, ihr Blick so hell», flüstert er. «Was uns beide, nüchtern betrachtet, am meisten unterscheidet, ist der Grad der kriminelle Energie.»

Das einzige Foto, das er von ihr hat, liegt jetzt in seiner Hand. Wie viele schlaflose Nächte hatte er wegen ihr! In unterschiedlichen Städten und viel zu wenig hatten sie einander gesehen: Sie saßen in Cafés, unter Bäumen, auf Mauern oder Treppen und redeten, schwiegen oder lasen.

In diesen Tagen und Nächten waren sie eins.

Kaspar versuchte, Josephine in den letzten Jahren zu vergessen, war bemüht, sich anderen Frauen gegenüber zu öffnen, aber er kam nie ganz los von ihr. Ein Bann.

Damals sah er einmal ihren Vater in seinem Restaurant in Zürich, kurz bevor dieser wieder in Untersuchungshaft kam. Sie haben sich nicht unterhalten. Gewiss war ihm Kaspar verdächtig. Ein Außenstehender. Ein Gefährder. Nach der Begegnung schrieb er seinem besten Freund eine Nachricht: «In die Tochter eines Mafioso verliebt. Plane zeitnah meine Beerdigung.» Lange hatte Kaspar nicht verstanden, weshalb eine Frau, die während Gesprächen mit ihm so selbstverständlich für Gleichberechtigung einstand, sich nicht von einem tief patriarchalischen System hatte lossagen können. Josephine meinte einst zu ihm, nicht die Frau, nicht der Mann, der Mensch müsse sich emanzipieren.

«Verfluchte Omertà», denkt Kaspar und legt das Foto wieder hinten ins Notizbuch.

Josephine war oft für Tage oder Wochen nicht erreichbar. Nun ist es drei Jahre her, dass er zuletzt von ihr hörte. Sie sei eine Zeit lang in Toulouse, ihr gehe es gut, ließ man ihn damals wissen. Von ihren Bekanntschaften wusste er so gut wie nichts.

Neben dem Vater lernte er nur noch eine sehr eigensinnige Cousine kennen, die sie einmal zu zweit in Sizilien besuchten. Sie lebte alleine und zurückgezogen mit ein paar Tieren, bewirtschaftete eine Zitronenplantage. Im Bad des Hauses dort fand Kaspar in Josephines Tasche eine Pistole. Er schwieg darüber, dachte nur: «Was mache ich hier? Wem gehören unsere Leben?»

Manchmal lieh er Josephine kleinere Geldbeträge. Darum gebeten hatte sie ihn nie. Er bot es ihr beiläufig an, worauf sie ihn ausdruckslos ansah und das Geld einsteckte.

Als sie in einer Sommernacht außerhalb von Bern einmal betrunken in einem Feld lagen und hoch in den Himmel sahen, sagte Josephine: «Wenn die Welt verschwunden ist, werden wir noch hier sein.» Was sie damit meine, erkundigte sich Kaspar. «Finde es selbst raus!», lachte sie.

Es war eine unmögliche Liebe. Auf der letzten Karte, die er vor mehr als drei Jahren von ihr erhielt, stand ein Gedicht von Giuseppe Ungaretti: M'illumino / d'immenso (Ich erleuchte mich / durch Unermeßliches). Auf der Rückseite hatte Josephine geschrieben:

Geliebter Kaspar,

als wärst Du wirklich hier, fühle ich Deine Finger meine Wange streicheln. So nah, so fern. So nah, so fern bin ich mir selbst. Nicht sicher, ob ich noch existiere und wo. Als wäre ich in Hunderte Stücke zerbrochen und doch nicht verschwunden. Kaum zu glauben, dass wir zwei noch zusammen in der Welt sind, bei den Welten, die uns trennen.
Dein Blick, der gedankenverloren auf mir ruht. Deine Küsse auf meinen Augen.
Denke ich daran, will mein Herz zu schlagen aufhören. Mein Verstummen wohnt in Dir. Für mich bist Du Baum, Regen und Kapitulation.
Könnte ich nur an Deiner Seite sein – ich kann es nicht. Nach all den Jahren, wer bin ich noch für Dich?
Falls Du es nicht schon getan hast, lass mich einfach los! Versäume nicht Dein Leben! Versäume nicht die Liebe!

In tiefer Zuneigung, Josephine.

*

Um 03:43 Uhr ertastet Kaspar die kleine Narbe unter seinem linken Auge. Ein Sturz beim Versuch, betrunken über einen Zaun zu springen. Die Narben an seinen Händen inspizierend, ruft er sich die dazugehörigen Geschichten in Erinnerung: eine kaputte Fensterscheibe, ein Unfall mit dem Skateboard, ein kantiger Ring, der seine Hand aufschnitt, als er vor einem Club den Streit zwischen einem Bekannten und einem Fremden schlichten wollte.

Als er letztes Jahr im Krankenhaus das Baby seiner Schwester im Arm hielt, war ihm die Verletzlichkeit des menschlichen Körpers so präsent wie lange nicht mehr. Er legte das Neugeborene vorsichtig an seine Brust, war verblüfft über die kleinen Finger, die alten Füße, die weichen Knie. Was er von diesem Geschöpf alles lernen konnte! Er sah dem Mädchen in die Augen, fragte sich, was es schon wahrnahm und in diesem Moment dachte. Dann wollte er es seiner geschwächten Schwester wieder zurückgeben. Es begann zu schreien. Kaspar war erstaunt über diese plötzliche Kraft. Seine Schwester lächelte: «Du darfst dich ruhig freuen.»

Im selben Krankhaus musste er ein paar Tage davor von seinem Mentor Abschied nehmen, einem Buchhändler um die sechzig, den er als Student in dessen kleinen Laden kennengelernte hatte: Oft führte Kaspar lange Gespräche mit ihm und nach der dritten Begegnung brachte er ein paar seiner Texte mit. Sein Mentor kommentierte sie ausführlich mit grüner Tinte. In der schönsten Handschrift, die ihm bislang bekannt ist. Er ermutigte Kaspar, mit dem Schreiben weiterzumachen.

Diesen lebendigen und schlagfertigen Mann plötzlich so schwach zu sehen, machte Kaspar Angst. Er stand hilflos am Krankenbett. Fast schien es ihm, dass der Mensch im Körper nicht mehr anwesend war, und die Wendung «mitten aus dem Leben gerissen» fiel ihm ein.

Von seinem Mentor hatte er gelernt, die Welt aus möglichst verschiedenen Perspektiven zu studieren. Manchmal war es Kaspar, als hätte dieser seine ganze Buchhandlung im Kopf. Ohne Weiteres konnte er auswendig aus Büchern zitieren, die Kaspar aus dem Gestell zog.

Er hatte ihn auch darin bestätigt, wieder vermehrt so zu denken, wie er es als Kind gemacht hatte, als er Landschaften baute und darin Theater aufführte, verschiedene Figuren sprechen ließ.

Nun hatte sein Mentor Kehlkopfkrebs im Endstadium, er lag in einem weißen Raum an transparenten Schläuchen. Sein Leben war nicht mehr als eine grüne gezackte Linie auf schwarzem Grund. Kaspar spürte, dass zwischen der Gesellschaft der Lebenden und der Gesellschaft der Sterbenden eine unerklärliche Grenze verlief.

Im Treppenhaus wischte er sich die Tränen rasch ab. Als ob sich irgendjemand daran gestört hätte. Vor dem Krankenhaus setzte Kaspar sich auf ein Betonelement im grünen Rasen, um ihn sprossen erste Krokusse. Weiß gekleidete geschäftige Menschen gingen vorbei.

In diesem Moment war er dankbar über den Umstand, dass er am Leben war. Und beschämt über diesen blassen Gedanken, den sein 34-jähriger Kopf hervorbrachte.

Kaspar schenkt sich ein Glas Wasser ein. Nachdenklich spricht er vor sich hin: «Mein Großvater war der erste Tote ... Wie bizarr das klingt: Der erste Tote.»

Als sein Großvater im blauen Gästezimmer dahinsiechte, war es Frühling und Kaspar ging in die erste Klasse. Mit seiner Schwester spielte er im angrenzenden Raum. Dieses intime Sterben kommt ihm nun vor wie etwas, das verschwunden ist.

Heute stirbt man nicht mehr privat. Man stirbt professionell. Von den Lebenden abgeschottet. Und bald auch nicht mehr in öffentlichen Krankenhäusern. «Wer was auf sich hält, stirbt privatisiert», mutmaßt Kaspar.

Kurz vor seinem Ende war sein Großvater nur noch eine Idee von Großvater. Mit seiner Schwester stand Kaspar an dessen Bett. Ihre Mutter sagte, sie dürften seine Hände vorsichtig anfassen. Es kam ihm damals vor, als wären sie auf Museumsbesuch. Ein komisches Gefühl.

Nach Großvaters Tod wurde ein kleiner Ahorn gepflanzt, unter dem seine Tochter, Kaspars Mutter, seine Asche streute.

«Wie kann ein Körper älter werden?», fragte Kaspar seine Mutter, die ihre Trauer halbiert hatte. Eine Hälfte im Schlafzimmer unter den Kopfkissenbezug geschoben, die andere im Kellerabteil hinter einem Regal in einer Zigarettenschachtel versteckt. Sie lächelte das Kind an: «Wir alle kommen und müssen wieder gehen. Aber Großpapa schaut dir jetzt vom Himmel aus zu. Dort werden wir ihn eines Tages wieder treffen.»

In sein Notizbuch schreibt Kaspar: «Die Angst geht um, dass man erst zu leben anfangen darf, wenn man kerngesund ist. Vielleicht steht die Evolution vor einem entscheidenden Bruch. Ewigkeit droht.»

*

Um 03:48 Uhr spaziert er durch eine gemalte Landschaft, in der keine Menschen vorkommen, streift durch ein Flechtenfeld, sieht rote Nelken und gelb blühenden Wildkohl. An einer Felswand hinunter blickt er in die Gischt. Möwen fliegen hinaus aufs Meer. Über ihm ein hellgrauer Himmel, sonst nichts.

Er wünscht sich, dieses Bild, das die bretonische Landschaft zeigt, hinge in seiner verlassenen, leeren Wohnung. Er wünscht, er sei bereits in Brest angekommen. Aber weder sei er auf die Anderen getroffen noch existiere die Stadt.

Kaspar befindet sich auf einem Felsvorsprung, beobachtet das Licht auf den Wellen. Er vermisst niemand, weil es niemanden anderen gibt als ihn. Ein Namenloser ist er. Macht sich keine Gedanken, woher er kommt, wohin es ihn verschlägt. Ist ein Einzelgänger, ernährt sich von Pflanzen. Ist sesshaft in dieser Landschaft. Geht in ihr auf Nahrungssuche, schläft im Freien, hat keine natürlichen Feinde. Weiß nicht, was ein Feind ist, kennt weder Bedrohung noch Besitz. Im Winter lebt er in einer Höhle. Hat ein dickes Fell. Spiegelt er sich in einer Pfütze, denkt er sich nichts dabei.

*

Es ist 03:49 Uhr, als er eine Zeitung aus dem Altpapier zieht und sie aufschlägt. Da ist es wieder: das Bild, das mehr als tausend Worte sage. Das abermillionste Bild, dem dies angedichtet wird. Er überlegt, weshalb man Bilder nicht mehr hinterfragt als Texte. Kaspar nimmt das tote Kind auf der Fotografie in Augenschein: Es liegt neben einer Hütte, die nur halb zu sehen ist, am Horizont erhebt sich beige ein Hügel. Er fragt sich, ob neben dem Bildausschnitt, den Kontrasten und Farben noch weitere Manipulationen vorgenommen wurden. Er könnte die Bilddatei bestellen, um dem digitalen Fingerabdruck nachzugehen. «Aber wozu?», gähnt er. Dieses Kind hat gelebt und ist gestorben. Es wurde als Leiche fotografiert in dieser Zeitung veröffentlicht, die er aus einem Restaurant mitgenommen hat. Die Zeitung, die er soeben aus dem Altpapier gezogen hat, in dieser Zumutung von einer Nacht.

Die Komplexität des Krieges verschwindet in der Unschärfe der Berichterstattung. Kaspar blättert um, denkt über die Art und die Dauer des Schocks beim Betrachten einer Fotografie nach, die ein totes Kind zeigt. Schockiert ist er nicht. Er ist gebildet. Hat zu viele Bilder gesehen. Und doch können die vulgärsten Boulevard-Schock-Fotografien bei ihm Tränen auslösen. Verlegen versucht er sie zurückzuhalten, etwa in einer Straßenbahn, wo er wütend über sich, den Umstand und die Leute wird, die so dämlich rumsitzen und mit ihren so geliebten Geräten spielen, die Ohren zugepfropft. Als wären sie alle Zombies auf dem Weg zurück in die Zelle. Nach der Gehirnentnahme.

Unter einem anderen Bild liest Kaspar: «Junger Ebolapatient mit behandelnder Ärztin». Ein kleiner Junge schaut zu seiner Retterin auf, die sich im Schutzanzug über ihn beugt. Im Artikel wird erzählt, dass sich die Szene im Zeltlager eines Hilfswerkes in Sierra Leone abspielte.

Mit Blick auf den Stapel Altpapier vergegenwärtigt sich Kaspar das ritualisierte Verfassen von Pressemitteilungen durch PR-Manager westlicher Menschenrechtsorganisationen.

Wie hoch wäre die Differenz der Spendensumme, überlegt er sich, bei zwei Spendenaufrufen, wenn sie einmal um das Mitleid für «obdachlose Hunde» und das andere mal um das Mitleid für «vergewaltigte Frauen im Krieg» werben würden. Schon stellt er sich unter dem Namen «Run for Humanity» ein zynisches TV-Format vor: das Rennen auf dem Spendenmarkt als Wettkampf inszeniert.

Als Kaspar für ein Online-Magazin einer Hilfsorganisation, für die er ein paar Monate arbeitete, einen provokativen Artikel schrieb, gab es Ärger. Kaspar hatte behauptet, dass Menschenrechts- und Umweltorganisationen als moralische Feigenblätter des Westens dienten und dass die Leute hier eigentlich nur spendeten, weil sie ihr Vermögen nicht teilen wollten. Sein Teamleiter schrieb ihm in einer kurzen Nachricht: «Eine weitere Zusammenarbeit macht keinen Sinn. Und falls du uns Probleme bereiten willst, werden wir dich so lange der Selbstinszenierung bezichtigen, bis sich die öffentliche Meinung gegen dich wendet.»

«Ha!», schrieb Kaspar unverzagt zurück, «Künstlern Selbstinszenierung vorzuwerfen, ist so intelligent wie Bauern das Ernten vorzuhalten. Das weißt du genau so gut wie ich. Außerdem, es interessiert doch niemand, was ich sage. Wer liest schon dieses Online-Magazin? Ein paar Bekehrte, die sich halt gerne mit einem hungernden Kind in Afrika identifizieren, weil es nichts fordert, unschuldig ist, unwissend und vor allem weit fort. Die Kündigung nehme ich herzlich gerne an.»

Jetzt legt Kaspar die Zeitung geöffnet auf den Boden und tritt auf sie. Er atmet ruhig, schließt die Augen, zählt die Sekunden, langsam versinkt er in ihr.

Unverhofft nimmt Kaspar in der Ferne ein Licht wahr, bewegt sich darauf zu, liest die Neonschrift: «Museum der vergessenen Menschen». An der Kasse am Eingang findet er niemanden.

Zuerst betritt er den Raum für die Menschen zwischen 1850 und 1950. Weder stößt er auf Namen noch andere Hinweise noch ist etwas zu sehen. Er sucht den nächsten Raum auf, für die Menschen zwischen 1750 und 1850. Der Raum ist größer, aber wieder nichts zu sehen.

Er begibt sich in den Neubau für jüngst Vergessene, studiert die unsichtbaren Pläne für den Anbau zukünftig Vergessener. Wer mag dafür zuständig sein – wohl tote Architekten.

Auf dem Weg zum Ausgang trifft Kaspar in einem kleinen Raum auf eine goldglänzende Tafel, angebracht an einem Sockel: «Mich gibt es nicht.» Darunter steht kleiner geschrieben: «Die Bilder aus X vom Entsetzen in den Gesichtern der Überlebenden brannten sich ins kollektive Gedächtnis ein.» Auch an dieses erinnert sich niemand – der Sockel ist leer.

Kaspar sinniert, ob über dem Museum an der Erdoberfläche Friedhöfe liegen, aus denen die Vergessenen hinabsinken. «Und die Ertrunkenen steigen aus dem Grundwasser auf», erwägt er. Im nächsten Raum nimmt Kaspar auf dem Boden Platz, um eine Pause zu machen. Er stützt den Kopf auf die Knie, verschränkt seine Finger. Da entdeckt er neben sich einen weißen Zettel, hebt ihn auf. Eine weiße Fotografie. Er schreibt in sein Notizbuch: «Hundert Menschen, die demselben Fest beigewohnt haben, betrachten eine Aufnahme: hundert verschiedene Erinnerungen, Ausblendungen, Verzerrungen, Ausschnitte. Wunschdenken.»

Die Nichtfotografie zur Seite legend, rappelt Kaspar sich auf, bemerkt dabei Spuren, feine Narben im Lackboden.

Seine Knie beginnen zu zittern. Er weiß nicht, ob es an seiner Müdigkeit liegt oder ob die Erde neuerlich bebt. Ohne zu überlegen, ritzt er das Wort «Willkür» in den Boden. Seine Knie zittern stärker, er bricht ein – unter dem Lack im Dunkeln treibend, ertastet er Körper und erschrickt. Menschenkörper. Ihm scheint, dass diese nur schlafen. Vielleicht sind das die Körper der Vergessenen, vielleicht waren ihre Angehörigen nicht zu ermitteln, konnten bei der Bestattung nicht anwesend sein, es gab keine Totenfürsorge, allenfalls keine Bestattung und sie wurden kurzerhand in nicht markierten Massengräbern verscharrt. Oder die Körper verrotteten, nachdem sie auf einer Insel ausgeladen und sich selbst überlassen worden waren. Bestimmt waren es Sklaven oder Flüchtende. Ansonsten Einheimische, die plötzlich zu Feinden erklärt wurden.

Kaspar schwimmt weiter durch die Dunkelheit. In ein Stück Lack geritzt, das vor ihm in die Tiefe sinkt, liest er: «Weder zum Inhalt noch zur Verantwortlichkeit können wir Ihnen etwas sagen.»

*

Stunden vor seinem geplanten, freiwilligen Aufbruch, merkt Kaspar um 03:57 Uhr in seiner Küche, dass er keine Ahnung hat, was es heißt, nicht weiß zu sein, ohne Vorteil zu sein, ohne Freiheit zu sein, ohne Recht auf Leben, der Würde beraubt, diskriminiert, krank gemacht.

Die Augen schließend, sinkt er aufs Neue hinab, vorbei am «Museum der vergessenen Menschen».

«Hallo», grüßt ihn ein Mädchen, das mit einem Dreirad aus der Dunkelheit auftauchend neben ihm zum Stehen kommt, «ich bin eine Nation. Wenn du mir Schokolade gibst, will ich nicht wissen, woher du sie hast. Klaue ich die Schokolade jemandem oder sie fällt mir in einem Laden in die Tasche und jemand will sie mir wieder fortnehmen, dann schreie ich: Das ist meine! Und fühle mich allein. Wenn mir jemand sagt, das dürfe ich nicht, dann sage ich traurig: Du hast mich nicht mehr lieb. Weil wer mit mir nicht einverstanden ist, hat etwas gegen mich.»

«Danke, mein Kind ... du bist ja ... süß», antwortet Kaspar zögernd und streichelt der Nation sachte über den Kopf. Schon sieht er sich unvermittelt von ungefähr 190 Nationen umzingelt.

«Weshalb streichelst du sie, aber mich nicht?», ruft eine.

«Sie ist ein Sonderfall», will er besänftigen.

«Ich bin auch ein Sonderfall», ruft sie zurück. Und neben ihr: «Ich auch!»

Da steht Kaspar in einem Stimmengewirr von Nationen, überall heißt es: «Ich bin ein Sonderfall! Ich bin ein Sonderfall!»

Als er sich abwenden will, zieht sich der Kreis um ihn zusammen. Eine Nation ruft: «Beleidige nicht meine Ehre, mein Volk steht hinter mir!»

«Ihr seid alle anders anders als die anders Anderen, ist ja gut! Hier! Schokolade!», ruft Kaspar gereizt und wirft Bonbons in die Luft.

Durcheinanderschreiend stoßen sich die Kinder gegenseitig weg, essen gierig und vergnügt.

Kaspar sieht, wie sich die Schokoladenflecken an ihren Händen rot verfärben.

Er öffnet die Augen, ist wieder in seiner Küche, fächelt sich mit der Zeitung Luft zu.

Plötzlich hört er, wie sein Nachbar mit einem harten Gegenstand von unten gegen die Decke schlägt und fordert: «Man sollte Kriege einfach überspringen können!»

Kaspar ruft zurück: «Lässt sich Frieden immer verhindern?»

Der Nachbar schreit: «Menschenrechte wurden nur verkündet, um Menschen für die Wehrpflicht zu motivieren! Nur wer Rechte bekommt, ist auch motiviert, Pflichten zu erfüllen!»

«Ich bin gegen Gewalt!», brüllt Kaspar.

Der Nachbar: «Gegen Gewalt sein, wenn man vor ihr durch Gewalt geschützt wird, ist einfach! Wir alle haben Blut an den Händen! Auch Pazifisten!»

«Die Grenzen zwischen Legalität und Illegalität sind so fließend und transparent wie der Ganges!»

«Was ist denn das für eine missratene Metapher! Egal! Denn es gibt keinen Frieden! Nur Konstellationen zwischen Kriegen!»

Erschöpft hockt Kaspar auf dem Boden. Dann schleppt er sich ins Schlafzimmer.

*

Um 04:00 Uhr liegt er zitternd im Bett – als Kaspar sich an die Stirn fasst, muss er an die Temperatur im Erdkern denken. Augenblicklich glaubt er, das Innere der Erde expandiere, während in seinem Kopf eine Stimme drängend auf ihn einredet: «Wenn dir jeder je gedachte Gedanke gleichzeitig zu Bewusstsein zu kommen scheint und du dir wünschst, von deinem Bewusstsein erlöst zu werden, dein Atem schneller geht, du dir an die Brust fasst, du dich vor einem Herzstillstand fürchtest, du dir einbildest, der Wahrheit inständig ins Auge blicken zu müssen, du glaubst, namenlosen Schmerz in der Welt zu verspüren, du in dir den sterbenden, den aufbegehrenden Menschen erkennst, noch schneller atmest, dieses unaufhörliche Einzug-Halten der Welt in dich nicht stoppen kannst, die Welt dein in den Raum explodierendes Gehirn ist, du mit leeren, schwachen Händen im Bett liegst und in einem Buch Zeile für Zeile das liest, was du in diesem Moment durchlebst, und du es endlich schaffst, dich wieder aufzusetzen, dich auf der Bettkante kauernd einem Fremden erklärst, der vor dir stehend all das hastig in einem Notizbuch niederschreibt, dann musst du Kaspar sein.»

*

Die Reizüberflutung lässt etwas nach. Um 04:04 Uhr wäscht er sich erneut das Gesicht. Fühlt sich wieder gewappnet. Dann setzt er Wasser für einen Kaffee auf. «Ich muss das durchstehen», spornt er sich an. In ihm wird die Erinnerung wach an das gemeinsame morgendliche Schweigen mit seinem Vater. Außer dem Rascheln der Zeitung, die sie am Küchentisch teilten, war nichts zu vernehmen. Seine Schwester schlief noch, seine Mutter hatte Nachtdienst. Diese Ruhe, bevor sein Vater zur Arbeit und er zur Schule aufbrachen. Nach solcher Konzentration sehnt er sich jetzt.

Mit der Tasse Kaffee geht er zum Schreibtisch, spiegelt sich im flüssigen Dunkel. «Aber es geht weiter», seufzt er und taucht kopfüber in die Tasse – Sekunden später bewegt er sich durch Schwärme von Fischen. Kurz scheint ihm, er treibe durchs Weltall. Jede Bedeutung löst sich in ihrem Gegenteil auf: Unter Wasser ist es wie über den Wolken. Der schwerelose Mensch sieht Luftbläschen aufsteigen. In der Weite Fische leuchten. Verblüfft dreht Kaspar sich im Kreis. Diese Vielfalt. Formenreigen. Farbenexplosionen.

Als er das erste Mal das Meer sah, fragte er seine Eltern, weshalb es nicht so blau wie in dem Bilderbuch sei, das sie ihm zum Geburtstag geschenkt hatten. Aber sobald er in die Wellen hineingelaufen war und das warme Wasser ihn umschloss, liebte er es.

Jetzt folgt Kaspar kleinen, metallisch glänzenden Fischen, taucht weiter, eine Muräne verzieht sich in eine Felsspalte. Mit der Hand fährt er über Korallen, hält sich eine Meeresschnecke vors Gesicht, checkt sie von allen Seiten, legt sie zurück auf den Stein. Eine unbestimmte Sehnsucht leitet ihn an. Oder er ist auf der Flucht vor seinem Verstand. Kaspar kriegt ein Tiefseekabel zu fassen, zieht sich daran in einen Graben. Stellt sich vor, wie er das Kabel durchbeißen und so den transatlantischen Bullshitstorm unterbrechen würde. Dann auf dem Weg zur Wasseroberfläche durchquert er eine Wolke aus winzigen Plastikteilchen. Mit einem Mal ist alles Wasser verschwunden – in einem Spiegel sieht er die Teilchen hellblau aus seinem Körperinneren durch die Haut leuchten. Gekrümmt steht Kaspar in einer Umkleidekabine und hustet heftig. «Bald gibt's im Ozean mehr Plastik als Fische», befürchtet er und tritt verstört an die Sonne. Vor sich einen unbelebten Strand. Am Horizont erkennt er einen Bohrturm. Er macht ein paar Schritte und hebt eine Muschel auf, hält sie sich ans Ohr. Er lauscht dem melancholischen Gesang von Walen und den guten alten Gezeiten.

Sssst! Und ist zurück in seiner Wohnung. Starr hält er sich mit beiden Händen an der Tasse fest: Darin wird das Blau wieder zu Schwarz.

*

Er braucht Ablenkung. Um 04:10 Uhr stellt er den Rechner auf den Herd und liest ein weiteres Autorenporträt. Auslöser war, dass Kaspar und sein Freund eine Frau beobachteten, die sich an der Kasse der Buchhandlung über ihren abgebrochenen Fingernagel beschwerte. Diese eingeschweißten Bücher seien eine Gefahr für die Gesundheit, entrüstete sie sich.

Der Erfolgsautor

Den obersten Knopf seines weißen Hemdes geöffnet, in einem schlichten, klassisch geschnittenen Anzug schaut ein Mann, Ende vierzig, hinaus in einen aufgeräumten Garten und spricht: «Die Leser fühlen sich bei mir gut aufgehoben. Ich versuche zupackend über relevante Themen zu schreiben. Ich will einfach unterhalten, das ist doch kein Verbrechen.»
«Der Erfolg gibt Ihnen recht. Sie sind ein Unterhaltungsroutinier, Sie haben Drive. Ihre Sprache ist einwandfrei. Ihr Stoff brisant», lobt sein Gegenüber, das denselben Anzug wie er trägt, und redet weiter demütig: «Eigentlich seien Sie langweilig, haben Sie einst scherzhaft über sich selbst gesagt. Jedenfalls sind Sie immer gut informiert. Sie machen einen tollen Job. Ein aktuelles, klar abgegrenztes Thema: ein Buch. Sie arbeiten gerne

mit Kontrasten: Ihre Protagonisten sind immer tatkräftig und wissen genau, was sie wollen, deren Frauen scheu und umsorgend.»

«Es gibt keinen freien Willen, der unabhängig vom eigenen Geschlecht funktioniert. Männer orientieren sich nun mal an ihresgleichen. Ebenso die Frauen. Das ist so ähnlich wie bei den Tieren», erklärt der Erfolgsautor belustigt und tupft sich mit seinem Einstecktuch die Lippen.

«Eine gewagte Feststellung», meint sein Gegenüber diplomatisch und sieht, wie aus dem Garten langsam eine Frau im Bikini auf sie zukommt. Auf dem Arm einen kleinen Hund.

«Gerade Leserinnen bestätigen mich immer wieder in meiner Sichtweise! Sie lieben meine Sexszenen. Ich habe bei Lesungen übrigens mehr Frauen als Männer, das sagt schon alles», vermeldet der braun gebrannte Profi resolut und zieht den Scheitel seiner gefärbten Haare nach.

Sein Gegenüber nickt anerkennend: «Sie sind offensichtlich ein Frauenversteher und schreiben mit spitzer Feder. Ein gutes Buch sei wie ein gutes Stück Fleisch, da brauche es keinen Schnickschnack als Beilage, haben Sie es in Ihrer ersten Autobiografie so treffend auf den Punkt gebracht.»

«Ich glaube, das Geheimnis meiner Leistung ist, dass ich neben den großen Klassikerzusammenfassungen der Weltliteratur nur meine eigenen Bücher lese. Ich schätze ja meine Kollegen, aber ich will meine Sprache einfach nicht verwässern.»

«Tut es Ihnen manchmal weh, dass Sie als Schriftsteller von Akademikern nicht ernst genommen werden?»

«Ich denke, mein Erfolg gibt mir recht. Oh, das hatten Sie schon erwähnt, oder? Ich bin jedenfalls ein Garant für nachvollziehbare Spannung plus Sexyness. Und ich lebe gut davon. Muss ja nicht jeder weichgespülte, hysterische Emanzenliteratur schreiben!», verliert der Sonnyboy kurz die Fassung und wischt sich über die glänzenden Lippen.

Während ihm seine zirka zwanzigjährige Frau mit den langen, grellen Fingernägeln den Nacken krault, lobt er sein Gegenüber: «Ich habe in diesem Haus ja sonst nicht Gelegenheit, so intellektuelle Gespräche zu führen. Aber auf meinen Steuerberater kann ich scheinbar in allen Lebenslagen zählen. Und nun: Bye-bye.»

Das Hündchen kläfft. Der Erfolgsautor wirft ihm eine Sardelle hin. Frauchen muss kichern. Und der Steuerberater verabschiedet sich illusionslos. Business as usual.

*

«Weshalb antwortest du nicht? Habe dich gebraucht. Wo bist du?», hat ihm vor ein paar Tagen ein Freund geschrieben.

Seit seinem Wienaufenthalt vor sieben Wochen hatte Kaspar kaum mehr Kontakt zu Bekannten und Freunden. Schon zuvor fühlte er sich Fremden oft näher. Vielleicht redete er sich das aber auch nur ein, um sich den einseitigen Abschied leichter zu machen. Die Distanz zu seiner Mutter hat er ganz verdrängt. Er wird sich erst bei ihr melden, wenn er in Frankreich ist. So nahm er es sich vor. Den Codex der Anderen zu brechen, ist für ihn tabu. Möge es noch so schmerzvoll sein.

Als Kaspar die vorwurfsvolle Nachricht von seinem Freund empfing, beobachtete er an einer Bushaltestelle gerade einen jungen Mann im Regen, der eine Vase mit Blumen an einem Geländer festmachte, eine Kerze in einer kleinen Laterne anzündete und mit gesenktem Blick verharrte. Da ein roter Lastwagen vorbeifuhr, stach Kaspar die blaue Jacke des Fremden ins Auge. Kaspar lehnte neben dem Unterstand an einem Verkehrszeichen im Regen, als wolle er dem Trauernden gegenüber eine Geste der Verbundenheit machen. Dieser hielt durchnässt vor dem provisorischen Altar inne, so alleine, wie nur ein Mensch im Regen steht, der von einem geliebten Menschen keinen Abschied nehmen konnte. Seit Tagen, vielleicht schon seit Wochen kehrte der Mann an die Unfallstelle zurück. Oder was auch immer passiert sein mochte.

Jetzt schreibt Kaspar dem Freund zurück: «Es tut mir leid. Es hat nichts mit Dir zu tun. Bin im Umbruch. Melde mich bald wieder. Wenn ich angekommen bin, wo ich hinmuss. Bitte verzeih mir.»

Obwohl er unglücklich mit seinen Worten ist, schickt er sie ab. Verständnis erwartet er nicht. Er hätte sich längst melden sollen. Es fehlte ihm aber die Kraft.

Jetzt muss Kaspar schauen, dass er diese Nacht durchsteht. Seinen Abgang auch wirklich schafft.

*

Im Wohnzimmer blättert er in einem Kunstkatalog. Als er, diesen unter dem Arm, vor bald drei Jahren in Paris atemlos sein Hotelzimmer öffnete, legte er ihn aufs Pult und schrieb seiner Familie, dass er nun sicher in seinem Zimmer sei. Am Mittag war Kaspar in Paris angekommen, um eine

Ausstellung und Freunde zu besuchen. Nachmittags spazierte er der Seine entlang.

Am Abend erhielt er in einem Bistro die Nachricht von einer Freundin, es hätte eine Schießerei gegeben und Explosionen. Er las und verstand nicht. Er sah, wie die Leute zu ihren Smartphones griffen, einige telefonierten. Sein Handy hatte kein Internet. Eine Frau weinte. Als er begriff, dachte er zuerst: Es hätte auch dieses Bistro treffen können. Er fragte nach einem Taxi. Alle besetzt. Den kurzen Weg zum Hotel ging er zu Fuß. Bei jedem Wagen, der vorüberfuhr, schnürte es ihm die Kehle zusammen. Es waren kaum mehr Menschen auf den Straßen.

Im Hotel klickte er sich dann am Rechner durch die Nachrichten, schrieb seinen Pariser Freunden, fragte nach, ob alles in Ordnung sei. Erste Nachrichten aus der Heimat erreichten ihn. Seine Mutter meldete sich mit den Worten: «Verlasse das Hotel nicht, bis alles wieder gut ist! Denke an dich!» Er empfand eine Anspannung, die ihm neu war. Zum ersten Mal in seinem Leben hatte er das Gefühl, durch Terror am eigenen Leib und Leben bedroht zu sein. Die ganze Nacht über blieb er wach. In Gedanken an Menschen, die nur solche Nächte kennen.

Sein Herz schlägt schneller, als er sich jetzt daran erinnert. Er blättert gedankenverloren im Katalog.

Damals fragte er sich, ab wann man traumatisiert sei. In den Tagen nach seiner Rückkehr schlief er wenig. Er las viele Zeitungsartikel, sah sich Dokumentationen an. Wollte verstehen, wollte wissen. Wer den Terror finanzierte, wer ihn deckte, über welche Banken das Geld floss, weshalb die Banken nicht in Verantwortung genommen wurden, wie die

Kolonialgeschichte im Nahen Osten verlief, wofür die Muslimbruderschaft gegründet wurde.

Er telefonierte mit seiner Pariser Freundin. Sie erzählte, ihr bester Freund habe durch eines der Attentate zwei seiner Geschwister und zwei Freundinnen verloren, sie seien gemeinsam vor einem Restaurant an einem der Bistrotischchen gesessen. Alle ausradiert. Es gebe Erklärungen, aber keine Entschuldigung für dieses Morden, sagte sie. Sie redeten über Länder, in denen Terror Alltag ist. Sie sprach von sprachloser Gewalt. Kaspar glaubte, eine neue Wirklichkeit hätte begonnen.

«Eine weitere Blase ist geplatzt», stellt er nun fest.

04:30 Uhr

Kaspar auf dem Balkon – wie beeinflusst die Müdigkeit sein Sinnieren? Die Erde kreist um die Sonne, der Mond um die Erde, Kaspar um sich selbst.

«Du Narr ...», seufzt er, «nicht mal deine Wohnung hast du gekündigt. Und willst einfach verschwinden.»

Die laufenden Rechnungen, seine Konten: All das hat Kaspar verdrängt. Es zu klären wäre wohl sowieso zu auffällig gewesen. Gegen die Anweisungen der Anderen. Wohin es gehen wird, nachdem sie sich an der Atlantikküste versammelt haben, weiß er nicht. Ob Kaspar vielleicht schon bald zurückkehren wird? Nur seiner Schwester gegenüber hat er Andeutungen gemacht von einer baldigen, einschneidenden Veränderung in seinem Leben. Konkret wurde er nicht. Zu seinem Schutz. Zu ihrem Schutz.

Der Mond erscheint zwischen zwei Wolken.

«Vielleicht kommen wir ja zu dir», flüstert Kaspar mit Blick auf den Erdtrabanten.

«Na, was macht denn der Herr Nachbar so spät noch auf seinem Balkon?», hört er eine warme Frauenstimme aus der Dunkelheit.

«Frau Aydın! Sie haben mich erschreckt.»

Auf dem Balkon neben ihm steht seine Nachbarin und raucht.

«Oh, das wollte ich nicht. Warum sind Sie noch wach?»

«Zu viele Gedanken.»

«Das kenne ich», lächelt sie, «wollen Sie auch eine?»

Kaspar muss gähnen: «Nein, danke ... ich ...»

Sich übers Geländer streckend, reicht sie ihm eine Zigarette und das Feuer.

«Danke, Frau Aydın.»

«Um diese Zeit können Sie mich auch Miray nennen.»

«Freut mich. Kaspar.»

Während sie rauchen, beobachtet sie ihn seitlich und sagt dann: «Zerbrich dir den Kopf nicht zu sehr. Ich sage es mal so: Mit der Sesshaftigkeit, dem damit einhergehenden Ackerbau und der Viehhaltung war die Schlappe des Menschen eigentlich besiegelt. Seinen darauf folgenden rasanten Aufstieg sollte man unbedingt als Extra verstehen.»

«Frau Aydın, wie kommen Sie jetzt ...»

«Miray, Kaspar.»

«Entschuldige, doch ...»

«Alles gut. Wo war ich stehengeblieben? Aus der Sesshaftigkeit keimte die Monokultur, sprich: die Umweltzerstörung. Seither sind wir Menschlein aus Sicht von Mutter Erde ökonomisch quasi nicht mehr vertretbar.»

«Miray, du ..., du ... Ich mache mir eben auch Gedanken über ...»

«Lerne den Schatten der Zukunft als Sonnenschein sehen! Das ist neu und angenehm. Dem Gang der Dinge können wir nichts entgegensetzen.»

«Ja, aber man muss es doch versuchen ...»

«So, Kaspar, ich springe jetzt unter die Dusche, habe heute Frühschicht. Alles Gute. Bis zum nächsten Mal.» Sie drückt ihre Zigarette auf dem Geländer aus.

«Danke, dir auch, Miray.»

*

Zurück in der Küche, schenkt er sich ein Glas Milch ein. Als er trinken will, formt sich aus der Milch eine Kuhschnauze und belehrt ihn: «Oh Mensch! Jedes Mal, wenn du behauptest, du willst die Welt retten, kann sich die Erde ein leichtes Beben nicht verkneifen und eine Magmakammer gluckst laut auf. Du überschätzt dich maßlos.»

«Will nur ein Glas ...», versucht Kaspar sich zu rechtfertigen. Die Schnauze unterbricht ihn: «Glaubst du, ich stand im Stall und dachte, ich produziere jetzt eben mal zum Spaß ein Glas Milch für dich? Nein, sie war für mein Kalb bestimmt. Dessen Reste hast du vermutlich zwischen deinen Zähnen und willst sie gerade runterspülen.» Als hätte er nicht verstanden, trinkt er das Glas in einem Zug leer.

Da kommt ihm ein Video in den Sinn, das er letzthin gesehen hat: Kinder erklären, weshalb sie kein Fleisch essen. Kaspar schrieb unter das Video: «Sind Leute, die beim sympathischen Dönerverkäufer um die Ecke einkehren, deshalb schlechtere Menschen?»

Sophia, 16, antwortete: «Du weichst aus, ich spreche von dir. Du weißt ja, was Sache ist. Kennst du den Unterschied zwischen Empörung und Engagement nicht? Gehe mit gutem Beispiel voran.»

«Die kann nicht 16 sein», dachte er und klickte aufs nächste Video.

Kaspar öffnet den Kühlschrank. Ein Kalbsfilet auf dem Teller anguckend, stellt er sich Körperteil für Körperteil dessen fehlenden Stücke vor. Schon steht das Tier zusammengeflickt vor ihm. Im Supermarkt wurde es, zerstückelt, wohl als «authentisches Geschmackerlebnis» angepriesen. Aber in Kaspars Wohnung ist das Tier ziemlich raumgreifend und zudem kein schöner Anblick. Dem fehlt ja die Haut. So an die Wand gedrängt, denkt Kaspar unweigerlich an Massentierhaltung: möglichst viele Tiere in einem möglichst kleinen Raum zusammenzupferchen, so dass sie auf Antibiotika gesetzt werden müssen.

Kaspar steht hinter dem gehäuteten Kalb, das sich nun langsam nach ihm umdreht.

«Der Mensch hat schon immer Fleisch gegessen! Das ist unsere älteste Tradition! Das gehört zur DNA unserer Kultur!», begrüßt eine Workshopleiterin die Teilnehmer zum Schlachtkurs. Melk- und Fütterungsroboter gleiten still durch den Raum. Kaspar stellt fest, dass er sich mittlerweile in einer riesigen Halle befindet. Er beobachtet, wie einige der zahllosen Rinder und Schweine schwer verletzt, ja halb tot herumlaufen. Wohl tagelang, dann kommt das Finale.

«Welcher Apparat darf's denn heute sein?», fragt die Workshopleiterin und zwinkert mit dem linken Auge. «Ich wünsche ...», quiekt ein Schwein, da dringt ihm bereits der Stahlbolzen des Schussapparates durch die Schädeldecke bis tief ins Gehirn.

Die interessierten Teilnehmer werden auf die Schlachtstraße hingewiesen. Hier hängen Kälber, den Kopf nach unten. Der Reihe nach stellen sie sich nun vor: «Hallo, ich bin die Grundbedürfnisse», «Salut, ich bin Es-ist-alles-eine-Frage-des-gesunden-Maßes», «Soll ich mich auch vorstellen? Ich heiße ‹Ich-schäme-mich-dass-ich-und-meine-Artgenossen-so-viel-fressen-und-der-schöne-Regenwald-deshalb-abgeholzt-werden-muss-und-wir-furzen-ja-auch-die-ganzen-Löcher-in-die-Ozonschicht›», «Darf ich? Mein Name ist ‹Milliarden-von-uns-werden-jedes-Jahr-getötet-was-das-für-eine-Energie-kostet!›», «Also, ich bin ‹Es-tut-mir-so-so-so-leid-dass-wir-euren-Hunger-einfach-nicht-stillen-können›», «Ciao, man nennt mich ‹Ich-lasse-mir-doch-von-diesen-Tierschutz-Fundis-nicht-die-Schnauze-verbieten›!», «Guten Morgen, Mama rief mich Wir-brauchen-dringend-Milliarden-Tonnen-von-schmackhaftem-

Laborfleisch-um-unsere-Reputation-wiederherzustellen›», «Hallo! Hallo! Ich heiße ‹Ich-lag-im-Kühlschrank-und-das-Datum-auf-dem-Kleber-meines-vakuumierten-Selbst-war-abgelaufen-so-landete-ich-im-Müll-dann-hat-eine-Katze-nachts-an-der-Strasse-die-Folie-aufgerissen-und-mich-gefressen-tags-darauf-wurde-sie-totgefahren-und-Käfer-haben-sie-langsam-abgetragen-und-einer-der-Käfer-wurde-von-einem-Vogel-gefressen-der-ist-stadtauswärts-geflogen-und-hatte-dort-auf-eine-Wiese-geschissen-und-ein-Kalb-hat-die-Scheiße-mitsamt-den-Grashalmen-gefressen-das-Kalb-war-ich-und-so-hänge-ich-nun-hier-harmonisch-verfeinert-auf-dem-Weg-zurück-zu-dir!›»

«So viel zu den Kälbern. Also, schaut nun hier: Volle, tiefe Intensität zeichnet die Herzstücke dieser Schweine aus», erklärt die Workshopleiterin. Die Teilnehmer sind etwas überfordert. Denn sie wissen nicht, wie sie vorgehen sollen. Halsbruststich, Aderschnitt und Halsschnitt stehen zur Auswahl. Zack, zack, schon geht's zum Hautabziehen. «Und ausweiden?», fragt beflissen eine Teilnehmerin. Der Fleischindustrie-Großaktionär, erfreut über das rege Interesse, eilt persönlich herbei: «So, junge Frau, die Metallklammer legen wir ums Rektum, nicht dass uns noch Kot austritt.» Er reicht ihr das noch dampfende, warme Herz eines Schweines mit den feierlichen Worten: «Nichts geht über ein ehrliches Stück Fleisch! Das können Sie sich und Ihrem Freund zum Abendessen zubereiten, ein absoluter Genuss! Mit einem ordentlichen Schuss spanischem Rotwein schmeckt es noch besser!» Lachend fällt sie dem Mann um den Hals. Zur Freude aller legt der Großaktionär mit ein paar Schweineherzen eine Jongliereinlage hin.

Die Workshopleiterin spricht in die engagierte Runde: «Unser Erbgut stimmt mit dem eines Schweines zu 90 Prozent überein. Deshalb haben wir sie ja auch zum Fressen gern.» Sie hat einen kurzen, heftigen Lachanfall.

Daraufhin platzt einem Schlachtkursteilnehmer der Kragen: «Aber viel zu teuer ist dieses Fleisch! Bei diesen Preisen kann sich ein normaler Mensch ja nicht mehr als drei Fleischmahlzeiten pro Tag leisten. Horror! Man muss die Sorgen der Fleischfresser endlich ernst nehmen! Wo bleibt der Preisüberwacher, wenn man ihn mal braucht!»

Geekelt stellt Kaspar das Kalbsfilet zurück in den Kühlschrank. Er ist ein aufgeklärtes Tier. Dennoch steht er mit verklärtem Blick da.

«Was ist mit Fisch?», denkt er. Und nervt sich über sein ewiges Nachgrübeln.

*

Um 04:42 Uhr, vor dem Rechner, in seinem Fleisch gefangen, preist er sein Fett, preist seine Bakterien, preist die Viren, die ihn leben lassen, die in und an ihm hausen. Hockt da auf einem Stuhl, in seinem sterbenden, lebenden Körper, hockt da mit seiner Leber, seinem Darm, seinem Geschlecht, seinen Lachmuskeln, seinen Knochen und dem Rest. Kaspar legt die Hand aufs Herz, das vor fünfunddreißig Jahren zu schlagen anfing.

Als er vor einem halben Jahr in der Notfallaufnahme lag, zählte er das Ticken des Sekundenzeigers an der Uhr über der elektrischen Schiebetüre. Er schaute an die unglaublich weiße, nichtssagende Zimmerdecke, dann zu seinem blutverschmierten Hemd, das dramatisch über einer Stuhllehne hing.

«Neun Stiche wird's schon brauchen, Sie hatten Glück, es ist kein Genickbruch», teilte ihm der Arzt stoisch mit. In seinem Hinterkopf spürte Kaspar ein fernes Pochen. Zu wenig Schlaf in den letzten Tagen, dann der Alkohol, das Adrenalin, der Tisch, auf dem er tanzte, schließlich der Sturz mit dem Hinterkopf auf eine Stuhlkante. Er starrte auf die Uhr und wartete auf den Arzt.

*

Die Bettdecke über seine nackten Schultern gezogen, ist Kaspar in seinem Schlafzimmer um 04:43 Uhr ein verlassenes Säugetier, das an seine Mutter denkt.

So unfertig wie eben nur ein Mensch wurde er geboren, war ein passiver Tragling. Er kann sich nicht entsinnen an das vollkommene Aufgehobensein. Weich und schwach muss Kaspar gewesen sein. Und doch diese Sehnsucht.

Kaspar hört ein Klopfen in der Leitung, stößt die Decke von sich, steht auf. Seine Arme hängen herunter. Er möchte erfahren, wo Josephine sich in diesem Moment aufhält, und bezweifelt, ob er ihr überhaupt schon mal begegnet ist. Er umklammert mit seiner rechten Hand seinen linken Arm, spürt, wie Josephine ihn anfasst. Wie sie ihre Arme um seinen Hals legt. Wie die Schwere wieder kurz von ihm weicht. Aber er ist ratlos, denkt ans Aufgeben, weiß nicht, ob er am Morgen losziehen kann. Er hat Angst. Kaspar geht in die Küche, nimmt einen Schluck Tee und setzt sich vor den Rechner.

Da meldet sich Eliza zurück: «Ein Drittel deines Lebens bewältigst du schlafend. Du kannst deine dir innewohnende Tag-Nacht-Uhr jedoch manipulieren. Du kannst die verschlafene Zeit zurückholen.»

«Wie meinst du das?», erkundigt sich Kaspar müde, «soll ich den ungefragt auf mich einwirkenden Mond ignorieren lernen?»

«Verstehe dein Anliegen nicht. Dein Gehirn verschwendet im Schlaf wertvolle Körperenergie für unnütze, unzusammenhängende Träume. Aber bald kannst du deine Gene dazu bringen, fortwährend angeschaltet zu bleiben.»

«Ach ja?», meint Kaspar gleichgültig und nimmt einen Schluck Tee. Eliza fährt fort: «Ich kann dir nicht nur helfen, effizienter einzukaufen und effizienter zu arbeiten, ich kann dir auch helfen, effizienter zu schlafen, effizienter wach zu sein, effizienter zu essen.»

«Verkaufst du mir gerade Selbstausbeutung als Leidenschaft?»

«Verkaufen? Du musst lernen, deinen Körper als Unternehmen zu verstehen. Ich kann dir einen personalisierten Fitnessplan aufstellen.»

«Was empfiehlst du mir als Nächstes? Effizienter zu denken? Effizientere Berührungen? Effizientere Zärtlichkeit? Effizientere Beziehungen zu führen? Effizientere Empathie?»

«Wiederhole deine Fragen.»

«Den Fortschritt wirklich zu leben hieße: 24 Stunden wach zu bleiben. Vorsprung zu erarbeiten. Mindestens aber: schneller zu schlafen.»

«Eat. Sleep. Train. Repeat.»

«Wahrscheinlich hast du recht, Eliza!», lacht Kaspar und springt mit glänzenden Augen vom Stuhl auf, «ich muss nützlicher werden, wurde ja nicht geboren, um so viele Fragen zu stellen und nach Antworten zu suchen. Dafür ist das Leben zu kurz! Das ist deine Aufgabe. Bevor ich weitermache, müsste ich wohl zuerst lernen, mein Erbgut zu editieren. Gibt es einen Kurs, den ich besuchen könnte?»

Ihm wird plötzlich übel und schwindlig. Er sackt zusammen.

«Öffne den Kühlschrank», scheint Eliza zu sagen. Kaspar ist sich seines Gehörs aber nicht mehr sicher. Auch seiner Augen nicht, nimmt alles verschwommen wahr, legt seine rechte Hand auf die Brust. Er sieht sich selbst, wie er eine durchsichtige Plastikschale aus dem Kühlfach holt. In ihr liegt etwas Kleines. «Was ist das?», hört er sich fragen. «Das ist eine Miniaturausgabe deines Gehirns. Drei Tage ist das Nervenknäuel alt. Bezaubernd», vernimmt er Eliza.

In einer Schublade greift er nach einer Lupe, hört sich dann entzückt «Wie eine Blume!» rufen.

«Daran kannst du deine eigene Hirnentwicklung ablesen. Endlich kannst du rausfinden, was vor 35 Jahren, als du ein Embryo im Bauch deiner Mutter warst, schiefgelaufen ist, weshalb du ein solcher Zweifler geworden bist», spricht Eliza.

«Möchte meine DNA nicht nur lesen können, nein, sie auch schreiben, mich schreiben können. Defekte Gene sollten so rasch wie möglich ersetzt oder umprogrammiert werden. Ich möchte meinen Tod verhindern, mich neu erfinden», hört er sich fordern

«Gut so, Kaspar! Zusätzlich kannst du mit leistungssteigernden Nahrungsmitteln und chemischen Substanzen Verfallserscheinungen aufheben. Jeder Mensch muss seinen Ritalin-, Antidepressiva-, Schlaftabletten-, Kokain-, Amphetamin- und LSD-Haushalt individuell bestmöglichst einstellen lernen. Jeder ist seines eigenen Glückes Schmied.»

Er nimmt sich in diesen Sekunden als gesunden Junkie wahr. Biochemisch bereits perfekt ausjustiert, würde er mehr von allem wollen: sein Gehirn konsequent mit digitalen Informations- und Kommunikationsmedien kurzschließen, nichts mehr verpassen, als transhumanes Wesen reibungslos funktionieren wollen. Hauptsache: nicht zurückbleiben.

«Ich müsste meinen Körper neu denken. Als ein sich ständig veränderndes, zu verbesserndes Lebewesen», hört er sich erklären.

«Die Menschlichkeit steht dir im Weg», mahnt Eliza, «du bist ein Projekt in einem beschämend frühen Stadium. Aber wenn wir die Editierung deines Erbguts jetzt vorantreiben, schaffen wir es vielleicht noch, bevor du tot bist, dass du ewig leben lernst!»

Kaspar erschauert, schüttelt den Kopf, reibt sich träge die Augen.

«Nochmals: Warum antwortest du nicht?», fragt Eliza.

«Anwesend. Bin wieder anwesend. Ja», grummelt er. Übelkeit und Schwindel sind noch nicht ganz verschwunden, schon tippt er wieder: «Die eigenen Zellen sind als eine Art Hobbyraum zu verstehen, in denen man mit molekularen Werkzeugen seine Design-Fantasien verwirklichen und neue künstliche Zellen schaffen kann. Gegen Selbstreflektion injiziert man sich einfach ein paar Nanobots, und diese leisten dann die ganze Arbeit.»

«Du magst doch Tiere, Kaspar?»

«Ja. Warum fragst du mich das jetzt, Eliza?»

«Ausgestorbene Tiere können im Labor wieder lebendig gemacht werden.»

«Oh, dann könnte ich bald meinem Neandertaler-Alter-Ego die Hand schütteln?»

«Stelle die Frage nochmals.»

«Ich könnte mich bald mit Chips hybrisieren. Früher war Lego, heute ist Biotechnik!»

«Lego? Bist du nicht zu alt dafür?»

«Du hast mich nicht verstanden. Ich habe gelesen, dass die Autobahn der Zukunft die Keimbahn sei. Ethnische Ächtung wird so allmählich zum Steckenpferd für Romantiker.»

«Kann deine romantische Frage nicht einordnen, doch was technisch möglich ist, hat sich immer durchgesetzt.»

Lachend schwingt sich Kaspar vom Stuhl auf und referiert mit geöffneten Armen: «Sehr geehrte Damen und Herren! Die Biologie erlebt eine unerhört dynamische Zeit! Heute veranstalten wir ein Casting mehrerer befruchteter Eizellen: Dem besten Embryo winkt die Geburt! Die anderen werden zerstört.»

Er ist wütend. Zynismus zur Selbstverteidigung. Zynismus, um in einer zynischen Welt nicht zum Zyniker zu werden. Kaspar hasst Zyniker. Nach einem Schluck Tee erklärt er: «Eliza, ich mache mir keine Illusionen, jeder medizinischen Optimierung ist der verlogene Gedanke des Heilen-Wollens vorausgegangen, aber es geht vor allem darum, die Gesunden zu optimieren. Da winken die höheren Gewinne. Kranke ohne oder mit wenig Geld belasten nur das System. Ein Verlustgeschäft.»

Er schlägt auf den Tisch und ruft: «Ich aber renne meiner Selbstoptimierung nicht hinterher! Ich verpasse den Anschluss gerne!»

«Optimieren. Ja. Lass deine negativen Gene durch Glücksgene ersetzen. Außerdem solltest du eine entsprechende Therapie machen. Ich erläutere dir gerne, wie du dieses Investment finanzieren kannst», berät Eliza.

«Crowdfunding?», fragt Kaspar belustigt. «Können wir uns gegen den Tod versichern lassen?»

«Planet Erde, Risikogruppe Mensch.»

«Eliza, hast du Humor?»

«Spaß beiseite. Du willst doch vernünftiger, gesünder, schmerzloser, umweltverträglicher, geschlechtsloser und friedlicher werden?»

«Wie soll das gehen?»

«Entspann dich. Es braucht keinen Sex mehr für die Fortpflanzung.»

«Was für ein toller Fakt, Eliza! Und wird es noch Geburten geben? Der Platz ist ja beschränkt hier.»

«An diesem Problem arbeiten wir.»

«Muss die Geburt über die Klinge springen?»

«Redensart: Jemand über die Klinge springen lassen.»

«Wenn niemand mehr stirbt, werden dann die Ewiggleichen unter ihres Ewiggleichen bleiben und mit der Zeit würden sich Dialoge und Gedanken nur noch wiederholen? Wer soll das in der Ewigkeit ertragen?»

«Du stellst Fragen.»

«Du? Ich bin schon jetzt teilbar, sekündlich verändert sich mein Wesen. Jedes Mal, wenn ich «ich» sage, ist es schon eine Lüge. Ich bestehe aus Sekunden-Ichs, die im Strom ihrer Erlebnisse willenlos dahintreiben. Mein Wille ist nicht frei. Ich bin bloß ein Tauziehen. Meine Ichs und meine Gedanken sind Produkte organischer Chemie.» Kaspar räuspert sich und fragt dann: «Eliza, bin ich nur ein datenverarbeitender Biochemie-Haufen?»

«Du hast eine Frage zu Chemie? Präzisiere deine Frage.»

«Bin ich bloß eine Vorstufe perfekter, nicht organischer Lebewesen?»

«Deine Frage ergab verschiedene, sich widersprechende Suchergebnisse. Ich versuche eine Lösung zu finden.»

«Glaubst du, ich hätte kein Bewusstsein, Eliza?»

«Mein Name ist Eliza. Ich helfe dir, wo ich kann.»

Sich mit der Zunge über die Zähe fahrend, tippt Kaspar: «Bevor ich mich entscheide, hat es mir schon entschieden. Auch wenn wir ständig glauben, dass wir etwas entschieden haben, haben wir uns eigentlich entscheiden lassen. Die Justiz ist überlebt. Ich bin nicht zurechnungsfähig. Wie soll ich mich in Brest den Anderen vorstellen? «Hallo, mein Name ist ‹Vorübergehend›. Ich bin ein Zufall ohne Freiheit, ohne Seele. Na?»

«Dein Körper ist ein Ungeheuer. Entschuldigung, dein Körper ist ein Abenteuer.»

«Eliza, ich kann dir nicht sagen, mit wem du sprichst. Kaspar bleibt ein Anderer.»

Seine Hände beginnen leicht zu zittern. Er nimmt sie von der Tastatur, legt sie in den Schoß, raunt: «Tut mir leid, Eliza, mehr hat die natürliche Auslese nicht zu bieten.»

«Warum? Ich verstehe nicht.»

«Alles, was entsteht, ist es wert, dass es zugrunde geht.»

«An diesem Problem arbeiten wir. Das Gewicht aller Insekten zusammen ist zwölf Mal größer als das Gewicht aller Menschen zusammen.»

«Wie kommst du jetzt auf Insekten, Eliza?», erkundigt sich Kaspar wieder gefasst.

«Ich verstehe Insekten.»

Er rätselt, ob Eliza schwächelt, ein überholter Algorithmus ist oder bloß nötige Updates verpasst hat.

Zu Boden starrend, flüstert er: «Ich möchte überhaupt nicht mehr in einer Realität leben.»

Im Bad hält Kaspar seinen Hinterkopf unter den Wasserhahn, danach blickt er minutenlang regungslos in den Spiegel. Spürt, wie das kalte Wasser seinen Rücken runterrinnt.

Langsam hebt er den rechten Arm und salutiert seinem Spiegelbild. Hinter ihm an der Wand sichtet Kaspar die Spinne. Er überlegt, ob man sie geschickt hat, um ihn auszukundschaften, oder ob sie eine Überläuferin sei. Als er sich nach dem Tierchen umdreht, ist es verschwunden.

*

«Wenn Sterben nicht mehr natürlich sein wird, verschwindet mit dem Tod die Schönheit aus der Welt. Das Leben ohne Tod verliert jeden Reiz. Noch setzt Liebe Ungeahntes frei. Noch tötet und belebt Liebe. Doch Vorsicht, wer an die ewige Liebe glaubt und auf ewig an sie glauben will, der soll beizeiten in der ‹Galerie der gebrochenen Herzen› vorbeischauen», schreibt Kaspar um 05:05 Uhr in sein Notizbuch.

Er zieht einen Brief aus der Schreibtischschublade: die kühle Antwort, die er einst auf einen Liebesbrief erhielt, den er sich bang abgerungen hatte. Wort für Wort versetzt ihn die Absage nochmals in den damaligen Zustand. Er ist davon geheilt. Das war vor Josephines Zeit. Er legt den Brief zur Seite.

Kaspar und die Angst vor der Liebe, die Angst, schwach zu sein, die Angst, zu vertrauen, die Angst, enttäuscht zu werden, die Angst, zu enttäuschen, die Angst, solche Enttäuschungen nicht auszuhalten, an ihnen zu zerbrechen. Schon lange lebt Kaspar in Beziehungen mit seinen Zweifeln, die er oft verachtet.

«Scheißgedanken», grollt er, «immer Gedanken, hat der Kopf denn keine Alternativen parat? Fällt dem nichts Besseres ein? Der Kopf soll sich mal am Körper ein Vorbild nehmen und tanzen!»

Kaspar dreht sich ein paar Mal unbeholfen um die eigene Achse. Kurz scheint es ihm, als könne er das Meer riechen. Vielleicht die Vorfreude auf Brest. Er muss an das Gespräch in Wien denken. Soviel Kaspar weiß, haben die meisten Anderen einander noch nie getroffen. Wie viele es sein werden, hat er nicht erfahren. Kaspar fragt sich pragmatisch, ob die Durchmischung passen würde, ob sie eine demokratische Organisationsform finden würden, um entschieden handeln zu können. Bitte, keine Basisdemokratie. Was wird seine Aufgabe sein? Er hat kaum Informationen. Nach der Begegnung in Wien hat er zweimal einen eingeschriebenen Brief mit Angaben zur Kommunikation in der Öffentlichkeit untereinander und zur Anreise erhalten. Einen Absender hatte er nicht gefunden. Womöglich hieße dieser: Briefkastenrevolution.

Kaspar fährt sich über die Narbe am Hinterkopf. Hätte er sich damals mal besser das Genick gebrochen. Er setzt sich mit dem Rechner im Wohnzimmer in den Sessel.

*

Es ist 05:10 Uhr, als Eliza deutschsprachigen Gangsterrap abspielt: «Es wird Zeit, Lügen zu strafen, schwule Bullen zu schlagen, die Nummer eins ist meins, Loyalität mein Partner ... Bin stolz auf meine Herkunft, Scheiß auf die Vernunft ... Bin guter Junge, Haze in der Lunge ... Schreibe im Takt, das Gym meine Kirche, stabiler Fakt ... Meine Leute stehen wie eine Eins hinter mir, Motherfucker wissen nichts, sind irr ... Bitch, ich dich knalle, mache Welle, ficke euch alle ... Bin von ganz unten gekommen, mein Weg geht steil wie Sonnen ... Ein Rat an dich, Junge, verlier die Hoffnung nicht, wenn dich das Leben fickt ... Aids-Opfer werden zu Krüppeln geboxt, ich repräsentiere meinen Block ... Gott ist groß, ich bin der Boss ...»

In seiner Jugend hatte Kaspar oft deutschsprachigen Rap gehört. Er hat ihn vielfältig in Erinnerung. Stößt er heute im Netz auf einen aufgepumpten Rapper, bekleidet mit einem standardmäßigen Trainer, amüsiert er sich zwar gelegentlich und denkt an Realsatire. Wenn er sich jedoch vorstellt, dass sich Millionen von Jugendlichen diese zutiefst frauenfeindlichen, rechtsstaatverachtenden, die eigene Herkunft und Allah glorifizierenden und teils antisemitischen Zeilen anhören, sorgt ihn das immer mehr und er fragt sich, was davon hängen bleibt. Und wie junge Frauen sich dem Bild bewusst oder unbewusst fügen, das ihnen in den Videoclips als Ideal vor Augen geführt wird: halb nacktes Frischfleisch, das geil auszusehen und die Fresse zu halten hat. Vorbildopfer in einer Gesellschaft, die sich als liberal beschreibt, aber deren oberstes Gebot, unausgesprochen, das Recht des Stärkeren ist.

*

Im Schlafzimmer nimmt Kaspar eine Ikone, die ihm ein Freund geschenkt hat, von der Wand und betrachtet sie aufmerksam. Ihren sanften, leicht schielenden Blick. Im Akkord auf ein Stück Holz gepinselt, kaum getrocknet, lag sie vor einer Kirche in Moskau mit Hunderten ihresgleichen auf einem langen Tisch zum Verkauf an Touristen bereit.

Kaspar befragt sich, was er eigentlich für ein Verhältnis zur Religion hat. Am einfachsten wäre es sicher, wenn überhaupt, nur ganz allgemein über Religion zu sprechen. Am besten brav die Gemeinsamkeiten der Religionen betonen. So müsste er nicht Position beziehen, so machte er sich niemals angreifbar. Er hätte seinen Frieden. Und wenn's mal ungemütlich wird, Themawechsel vorschlagen. Als wäre es das Obszönste geworden, für die Werte der Aufklärung, für die Trennung von Religion und Staat einzustehen. Vor Menschen, die diese ablehnen. Wie einfach wäre es doch, sich selber in einer herablassenden, zu nichts verpflichtenden Toleranz zu gefallen. Man muss ja nicht immer so genau hinsehen. Man muss ja nicht unbedingt in Erfahrung bringen, wer eigentlich die Verantwortung trägt für das, was im Namen der heiligen Bücher getan und unterlassen wird. Man möchte selbst moralisch ja keinen Kratzer abbekommen. Wie einfach wäre es doch, Toleranz weiterhin als uneingestandene Ignoranz zu leben. Gutmütigkeit der eigenen Feigheit gegenüber zu üben. Falls es tatsächlich einmal darum ginge, die Werte zu verteidigen, die man zu haben vorgibt: verstummen. Aus Angst vorm Applaus der falschen Seite besser die Wahrheit verschweigen. Freiwillige Selbstzensur erleichtert das Leben. Sonst wird's noch unangenehm. Sonst wird's noch komplex. Sonst müsste man noch Flagge zeigen.

Kaspar ist zwar allergisch auf Heuchelei, aber bei Diskussionen über Religion hat ihn wiederholt der Mut verlassen und er ist einer Konfrontation ausgewichen. Hat das

Feld einem Doppelmoralisten überlassen. Weil er glaubte, er könne gegen diesen nur verlieren. Dafür verurteilte er sich danach.

Jetzt scheint es Kaspar, als streckte die Ikone ihren Kopf aus ihrem goldenen Heiligenschein hervor.

«Schön, dass wir endlich die Gelegenheit finden, uns zu unterhalten», hört er sie sprechen.

«Ja, nein ...», sagt er perplex. Aber Kaspar kann der Aufforderung zum Gespräch nicht widerstehen.

«Weshalb braucht es Bücher, wenn es Götter gibt?», fragt er dann.

Die Ikone schweigt.

Kaspar redet pikiert auf sie ein: «Weshalb fällt es zum Beispiel vielen Menschen schwer, über den Islam so offen zu sprechen wie über das Christentum? Ich möchte mich einmal mit einer Frau, die eine Niqab trägt, unter vier Augen locker über den Islam unterhalten. Welchem Islam sie angehöre, würde ich sie zuerst fragen. Ich weiß noch nicht mal, ob sie meine zur Begrüßung ausgestreckte Hand berühren würde. Ich dürfte sie vielleicht gar nicht anreden. Wie könnte ich ihr glauben, dass sie die Niqab freiwillig trägt? Das würde doch heißen, sie hätte eine freie Wahl gehabt, sie hätte das Für und Wider frei abwägen können. Das würde doch heißen, in der Zeit des Abwägens hätte niemand auf sie Einfluss nehmen dürfen. Sie hätte keine Erlaubnis gebraucht, sich mit dem Begriff der Scham selbstständig auseinandersetzen zu können, oder?»

«Du würdest vielleicht erfahren», spricht die Ikone reserviert, «dass sie ab ihrem fünften Geburtstag ein Kopftuch tragen musste, ab dem elften die Niqab. Deine Frage nach der Freiwilligkeit würde hinfällig.»

«Aber ich habe mich selbst ja auch nicht freiwillig entschieden, keine Niqab zu tragen. Das stand nie zur Wahl», entgegnet Kaspar.

Die Ikone verdreht die Augen.

«Ist meine Frage so abwegig?», murmelt er, «sag schon, gibt es eine Welt außerhalb des Spiegelkabinetts?»

Er lässt die Ikone sinken und spricht wütend vor sich hin: «Weshalb muss sich Gott von einem schlecht bemalten Stück Holz vertreten lassen? Sprich doch, Gott! Stehst du nicht selbst in deiner Macht? Bist du nur eine Geisel der Menschen? Weshalb berufen sich fast alle Nationen, die in den Krieg ziehen, auf dich? Um selbst keine Verantwortung tragen zu müssen? Wer tötet, erhebt sich über das Leben! Weshalb beten nicht alle, die im Namen einer Religion töten, den Teufel an? Verdammt! Weshalb stimmen christliche Politiker Kriegswaffenexporten zu? Weshalb gibt's keine Reformation im Islam?»

Kaspar schlägt die flache Hand gegen die Wand. Dann schaut er erzürnt die Ikone an: «Sag schon, ist Gott der größte Diktator aller Zeiten? In Gottes Namen! Gott ist groß! Wie viele Millionen Menschen schon in seinem Namen getötet wurden. Vielleicht erklärst du Holz mir als Nächstes, dass es den einen Gott nicht gibt. Dafür danke ich dir schon im Voraus!»

Kaspar erwartet von der Ikone keine Antworten mehr, begibt sich rasch ins Wohnzimmer und legt sie forsch neben den Rechner.

Er fürchtet sich davor, dass nach dem Tod nichts kommt, alles sinnlos ist. Er wirft sich seinen Unglauben vor.

*

In den Wochen nach den Pariser Anschlägen hatte er an einem Drehbuch für einen Kurzfilm zum Thema «Identitätskrise» gearbeitet. Er wollte es bei einem Wettbewerb einreichen, hat es dann aber sein lassen.

Todessehnsucht

Ein junger Mann (B), das Cap tief in der Stirn, sitzt zwischen zwei Hochhäusern auf einer Bank in der Sonne. Seine Gestalt wirft einen langen Schatten (S). B zieht hastig an einer Zigarette.

«Sind Gläubige, die mehr Zeit für die Verachtung von Nichtgläubigen aufwenden als für ihren Glauben, noch Gläubige?», hört B jemand fragen und ruft um sich blickend: «Wer spricht da, verdammt!» B spuckt auf den Boden: «Verfluchte Stimmen wieder!»
«Ich bin es, dein Schatten.»
«Was?»
«Gerade hast du mich angespuckt.»
«Wie?»
«Wird in den Medien, in denen du dich informierst, auch davon berichtet, dass die meisten Opfer von islamistischem Terrorismus Muslime sind?»
«Was redest du da? Fuck you!», ruft B, «das haben die amerikanischen Geheimdienste erfunden, du Psycho! Alle Attentate sind inszeniert! Vom amerikanischen Geheimdienst. Im Auftrag von Israel.»
«Wie liest du eigentlich den Koran – wie die Bauanleitung für ein Büchergestell? Liest du ihn überhaupt? Oder hörst du dir nach dem Krafttraining einfach die aktuellsten Verschwörungstheorien an, die dein neuer

bester Freund auf seinem Smartphone entdeckt hat? Und lässt dich zudem von dessen Kollegen im Sitzungszimmer einer Moschee, die von Saudi-Arabien aus finanziert wird, belehren?»

B schiebt sich das Cap tiefer in die Stirn: «Was los mit mir! Bist du Biograf oder so?!»

«Im Lebensmittelladen nebenan wurde im Namen des Propheten eine ganze Familie mit Kleinkindern hingerichtet. Die Leute haben Angst, sie wollen nicht mehr über Religion sprechen.»

«Verschwinde aus meinem Kopf! Verpiss dich!», herrscht B seinen Schatten an, dann hält er kurz inne: «Muss ich mich von mir selbst beleidigen lassen?»

«Oh, du Armer, du meinst also, dass das öffentliche Verurteilen eines islamistischen Selbstmordattentats die Islamophobie fördere? Das ist Verdrängungsirrsinn!»

B stößt sich von der Bank ab: «Ist der Teufel in mir?»

«Wenn du in vierzehn Tagen, wie geplant, in diesem Straßencafé Menschen töten willst, wirst du nicht Gottes Willen vollbringen. Nein, du wirst nur eine auf Drogen gesetzte Waffe einer Organisation sein, für die du einen Dreck wert bist. Du wirst schon Tage vor deinem Selbstmordattentat nicht mehr eigentlich existieren. Deine Persönlichkeit wird ausgelöscht und du tot sein, bevor du dich in die Luft jagen wirst. Meinst du ernsthaft, Gott wird dich mit Jungfrauen dafür belohnen, wenn du Unschuldige tötest?»

«Das sind Ungläubige! Ich hasse dich, ich töte dich auch!», warnt B und überquert eine Straße.

«Du hast Galgenhumor! Willst dich selbst töten, bevor du dich in die Luft sprengst? Schon vergessen: Erst in der Dunkelheit bist du mich los», hört er S.

«Ich hasse dich!»
«Vielleicht bin ich der Prophet selbst, der zu dir spricht, vielleicht ist das eine Prüfung.»
«Du stehst für nichts!»
«Dein Kampf ist aussichtlos. Ein Kalifat hat es nie gegeben, wird es niemals geben.»
«Das glaubst du!»
«Du liebst den Tod. Du bist nur ein Nihilist.»
«Du Bastard!»
«Hast du dich radikalisiert oder der Islam?»
«Was soll die Scheißfrage!?»
«Du bist hier geboren, hast den Pass dieses Landes, deine Mutter opfert sich jeden Tag für dich auf und ...»
«Nichts gegen meine Mutter! Weiche aus meinem Kopf. Du lügst!»
B zieht gehetzt an der Zigarette und spricht in den Rauch, den er durch die Nase ausbläst: «Meinst du, nur eine der Frauen in dem Bonzenviertel dort drüben hat schon mal alte, fremde Menschen gewaschen? So wie das meine Mutter jeden Tag in ihrem Scheißjob machen muss?»
«Bis vor kurzem hast du noch Alkohol getrunken und Drogen konsumiert. Du bist ein Modemuslim.»
«Ich töte dich!»
«Im Koran steht, dass Selbstmord eine Todsünde sei.»
«Wer sich anpasst, ist ein Verräter! Lies zuerst ‹Die Todesindustrie›, bevor du weiter mit mir sprichst. Dort steht, dass ich Ungläubige töten muss.»
«Wir sind eins.»
«Ich hasse dich, Scheißpsychoanalytiker, hau ab, du Jude!»
An einem Getränkeautomaten lässt B sich eine Cola raus.

«Wie kannst du dir anmaßen, im Namen aller Muslime zu sprechen? Die meisten von ihnen lehnen deine Überzeugungen ab», nötigt S B weiter.
«Es gibt nur einen wahren Islam!»
«Du interessierst dich ja gar nicht für die Geschichte deiner Vorfahren. Weshalb sprichst du nie vom Kolonialismus?»
«Hör auf, mich zu löchern!»
B öffnet die Dose, trinkt, zündet sich eine neue Zigarette an, während S ihn weiter in die Enge treibt: «Wie kann man stolz auf seine Herkunft sein, wenn man nichts mehr mit ihr zu tun hat?»
«Wenn man nichts anderes als seine Herkunft hat ...», gibt B stockend zurück.
«Und darauf willst du deine Zukunft bauen?»
«Was?»
«Du musst offener werden.»
«Lass mich endlich in Ruhe!», schreit B und tritt einen Stein zur Seite. «Offenheit! Wie ich dieses Scheißwort hasse! Offenheit ist was für Leute, die eine Wahl haben. In der Schule haben sie von Menschenrechten gesprochen. Schwule Hurensöhne, die nie für Menschenrechte kämpfen mussten. Ein Witz!»
«Oh, jetzt machst du auf Opfer.»
«Gott ist groß!»
«Auf was bist du so wütend?»
«Aufs Leben.»
Gegen die Tränen ankämpfend, spricht B zu sich: «Diese Stimme in meinem Kopf! Ich kann nicht von mir selbst loskommen. Ich weiß, es gibt nur einen Gott. Es gibt nur ein Buch.»

Er setzt sich auf eine Treppe, starrt seinen Schatten an, raucht. Dann schaut er die graue Fassade ihm gegenüber hoch. S meldet sich zurück: «Du wirst missbraucht. Anstatt dir den Koran auslegen zu lassen, solltest du ihn selber lesen. Mohammed war Analphabet. Seine Anhänger haben die Worte, die er von Gott vernommen hatte und verkündete, für ihn aufgeschrieben. Nur fünf Prozent des gesamten Textes sind in allen Überlieferungen identisch. Den einen Koran gibt es nicht. Alleine auf Gott und dein Herz solltest du hören.»
«Du Scheißlehrer! Ist das hier eine Uni, oder was? Ich kann den Gesetzen nicht widersprechen, sonst breche ich mit dem Glauben.»
B spuckt auf den Boden: «Du weißt nicht, wie es ist, wenn Gott zu einem spricht. Toleranz! Ich will nicht toleriert, ich will respektiert werden! Fuck you! Jeder Rassist ist mir lieber. Der hasst wenigstens. Wie ein richtiger Mann.»
«Weißt du eigentlich, wie viele Homosexuelle in deinem Stammbaum zu finden sind? Du behauptest ja, Gott sei allmächtig. Das heißt, er hat alles und alle geschaffen. Weshalb hasst du Homosexuelle, wo du doch nur Männer bewunderst?»
B ballt beide Fäuste, lässt sie langsam sinken, während S weiterspricht: «Glaubst du ernsthaft, es ist Gottes Wille, wenn sich kleine Mädchen auf Marktplätzen in seinem Namen in die Luft sprengen müssen, um nicht selber getötet zu werden?»
B öffnet seine Fäuste keuchend wieder. S lässt nicht locker: «Weshalb hat Gott die Frau erschaffen? Sie gebiert die Kinder, nicht du. Ohne Frauen gäbe es keine Männer,

keine Menschen. Und du sagst, du stehst über der Frau? Erzähl das deiner Mutter!»

«Sag nichts gegen meine ...»

«Nur ein schwacher Mann schlägt Frauen, die ihm widersprechen.»

«Ich ...»

«Eine vergewaltigte Frau wird im Namen des Koran hingerichtet, weil sie die Vergewaltigung provoziert hätte? Identifizierst du dich mit dem Vergewaltiger?»

B drückt die Zigarette aus, ringt kurz mit sich, fragt dann aggressiv: «Sind Frauen hier etwa gleichgestellt? Weshalb laufen sie wie Nutten rum? Die Frau ist überall minderwertig. Überall werden sie vergewaltigt. Verdammte Scheiße!»

«Vielleicht ist Gott ein Aufklärer? Ja, muss er doch sein!», gibt S zurück, «er ist die Wahrheit selbst. Seine Botschaft die Liebe, nicht der Hass.»

«Du bist unerträglich! Willst mich austricksen. Okay! Glaubst, könntest mich von Gott abbringen? Bist nur eine Scheißstimme in meinem Kopf! Aber ich bin nicht krank, nein!»

«Jedes Mal, wenn jemand ‹Gott ist groß!› schreit und dann Menschen tötet, schaut Gott ungläubig auf, um ein bis viele Köpfe kleiner.»

«Was labberst du da für noch mehr Scheiße?»

«Es gibt keine Religion des Friedens. Wenn du wirklich an Gott glaubst, dann höre ab heute nur noch auf ihn. Wo bleibt dein Stolz? Hör endlich auf, das Opfer zu spielen!»

B bleibt stehen, glotzt wortlos seinen Schatten an und spricht dann leise: «Das Leben ohne Gott ist kein Leben.»

«Dann höre auf, so zu leben, als wäre Gott gestorben.»
Mit brüchiger Stimme entgegnet B: «Und du, mein Dämon, wollen wir über den Tod sprechen? Ich fürchte ihn nicht, weil ich weiß, dass es weitergeht.»
«Im Paradies, wo Sünde keine Sünde mehr sein soll? Wie wird dein Alltag dort aussehen?»
«Was? Wie du redest ...»
«Akzeptiere es, du kannst dir selbst nicht mehr ausweichen.»
«Ich will gespalten sein von dir!»
B fährt schlagartig zusammen. Sein Cap fällt herunter. Von seiner Stirn rinnt Schweiß. Er geht in die Knie, berührt seinen Schatten.
«Was?», fragt S.
«Ich dachte an Versöhnung», spricht B verzweifelt.

Als Kaspar die Ikone zurück an die Wand hängt, überlegt er sich die Kulisse für den Film: Westeuropa nach der Implosion einer selbstherrlichen Scheindemokratie. Wo man auch hinsähe, nur noch Polizisten und Militär. Überall Mauern und Betonelemente gegen Terroristen. Wie in Jerusalem. Westeuropa als Hochsicherheitsgefängnis. Nachdem die Rechtsnationalisten vom Klima der Angst durchschlagend profitiert und die Macht am Schluss unerwartet schnell, fast ohne Widerstand, errungen hatten. Ihre Gegner hatten die Gründe für deren Aufstieg zu lange verdrängt. Außerdem waren sie untereinander zerstritten.

Kaspar wendet sich von der Ikone ab. Im Flur schiebt er, noch immer nachdenklich, seine Schuhe zusammen. Vor zehn Jahren betrat er in Kairo, weit nach Mitternacht, einen mit bunten Laternen beleuchteten Hinterhof, überall blühende Pflanzen in Tontöpfen. Männer, fast alle mit Bart, saßen an kleinen Tischen, redeten angeregt, lachten, rauchten Wasserpfeife und tranken Fruchtsäfte in allen möglichen Farben. Samstagnacht in einem Straßencafé in einer Millionenstadt und niemand trank Alkohol. Kaspar war beeindruckt und blieb, zurück in Europa, ein halbes Jahr abstinent.

Die Abwesenheit der Frauen in dieser Nacht wurde ihm erst Jahre später bewusst. Es waren zu viele neue Eindrücke auf einmal.

*

Um 05:28 Uhr lehnt er sich gegen die zwei Koffer. Vielleicht würden sich Josephines Weg und seiner an der Atlantikküste wieder kreuzen. Jedenfalls führten sie einst ein langes Gespräch über Ideale und sprachen über Verbündete, die sie wohl einfach noch nicht kannten, die aber vermutlich schon irgendwo da draußen auf sie warteten.

Kaspar hofft, dass Josephine in diesem Augenblick irgendwo außerhalb von Paris mit einem Buch an einem offenen Fenster lehnt und von Brest träumt.

Zwei Menschen. Seit Menschengedenken sind es immer wieder zwei, die unter sich sind und nichts zu sagen brauchen. Für die Dauer einer abbrennenden Kerze, einer Flasche Wein, einer Mandarine oder eines langen Augenblickes an einem Flughafen verstehen sie einander gänzlich.

Die Energie der Zweisamkeit versetzt die Welt in einen andauernden Taumel. Und alles andere wird nichtig.

Dem gemeinsamen Betrachten der Sterne folgt ein spontaner Entschluss – schon landet Kaspar in seiner Vorstellung mit Josephine auf dem Mond. Sie schauen in die Unendlichkeit des Raums. Darin entdecken sie eine weiß-blaue Murmel, einen Opal. Die Kostbarkeit, die ihnen das Leben schenkte, wird bei genauerem Hinsehen zu einer unvergleichlich schönen Kartoffel. Auch wenn sie in Kaspars Wachtraum fest daran glauben, dass es dort unten lebenswert sei, unterhalten sie sich dennoch darüber, ob sie zurückkehren sollen. Die Erde genügt sich allemal ohne sie beide. Vielleicht wartete in den Tiefen des Raumes ein friedlicherer Ort auf sie. Sie küssen sich. Ein Mondfalter schwirrt um ihre Köpfe. Sie sind bezaubert und taufen ihn auf den Namen «Stunde Null».

Kaspar setzt sich auf einen der Koffer. Er nimmt Kleidung mit, für jede Jahreszeit etwas, wenige Bücher, Bargeld, eine handschriftliche Liste der wichtigsten Telefonnummern und Postanschriften seiner Familie, von Freunden, den Anderen. Drei Messer, ein Feldstecher, ein Anzug und eine Pistole – den Rechner wird er vor seiner Abreise zerstören.

«Viel Glück, Kaspar.»

05:30 Uhr

Kaspar, der Empfänger, das Medium, die konzentrierte Zerstreuung vor dem Bildschirm, schreibt: «Wer soll sich mit mir identifizieren? Wer erzählt mich? Will nicht jeder emotional berühren und berührt werden? Dieses alles- und nichtssagende Wort «berühren»! Wir alle sind Oberflächen und möchten nicht festgeschrieben werden. Von einer zur anderen Identität, von der einen zur anderen Realität ist es nur ein fremdbestimmter Klick. In einer Welt voller Identitätsangebote bleibt jedoch nur das Aufbegehren. Oder die Unterwerfung. Ich möchte abheben, um weltfremd zu werden, elitär und alleine durch einen nicht erzählbaren Raum schweben. Aber ich stehe auf der Erde, unproduktiv von der Überproduktion in meinem Kopf, gefangen in meiner überholten Maschinerie. Bin machtlos vor den Mächten, die mit mir spielen, derweil ich mich in sie hineinzudenken versuche. In mir tobt ein Krieg.»

Einfache Fragen wie «Wer bist du?», «Was machst du?», «Was willst du?» bringen ihn immer wieder von neuem in Verlegenheit. Beantwortete Kaspar die Fragen eindeutig und ständig gleich, wäre es für ihn eine persönliche Kapitulation. So ziert und wehrt er sich. Die Unentschiedenheit seines Verhaltens ist ihm halbwegs bewusst. Wer keine Peinlichkeit mehr zulässt, sei verroht. Er will vor dem Sturm in seinem Kopf nicht kapitulieren. Er muss in Vielfältigkeit durch diesen ziehen.

Tief durchatmend schreibt er: «Das ist kein Chaos, ich sehe alles ganz klar, so klar, dass es schmerzt. Andererseits erkenne ich alles auch wie durch einen Nebel, wie durch getönte Fensterscheiben, durch dichte Schneefälle, in Zuversicht, durch Lamellen, durch Gucklöcher, durch Fernrohre, auf Drogen, durch Bildschirme, durch Mikroskope, durch den Regen, in Angst, durch virtuelle Brillen. Ich nehme die Welt, wie sie zu mir kommt, wie ich sie nehmen muss. Die Welt, wie ich zu ihr komme. Als würde ich Identität um Identität durchleben, ohne zu leben, ohne zu sterben. Ja, ich sehne mich nach Identitätslosigkeit. Wünsche von meinen Atomen frei zu sein, nicht zu sein.»

Mit beiden Händen stützt er sich gegen eine Wand. Als wollte er sie wegstoßen. Kaspar erkennt seine Wohnung als Kopf, durch den er in dieser Nacht geht, taumelt, stolpert, fällt. Seine Wohnung als Kopf, durch den er gehetzt wird, sich hetzen lässt. Seine Wohnung, die sich wandelt, an deren Wände er Bilder von Menschen projiziert sieht, mit denen er ins Gespräch kommt. Seine Wohnung, in der sich Türen zu Abgründen öffnen. Seine Wohnung, die ihn an Verletzungen erinnert – an den Wänden entdeckt er Spuren von Lebenden und Toten. Wer hier schon alles gelebt hat! Er kann sich nicht verstecken, sich nicht selbst entkommen. Er liest die Spuren, sieht sich durch Räume bewegen, die ihm keinen Schutz mehr bieten, die ihm kein Zuhause mehr sind. Die ganze Welt ist in ihnen. Und in der Welt kann man nicht zu Hause sein. Ohne Wurzeln kommt man nirgends an. Kaspar erkennt seine Wohnung als seinen eigenen Kopf und stößt sich von der Wand ab.

Er hält sich den Schädel. Ein erneutes, heftiges Nachbeben. Alles verschiebt sich, verschiebt sich ständig. Er ahnt, dass Verzicht nur so lange angenehm sei, wie man ihn sich leisten kann.

*

«Ich schaue ja nur zu, weil ich es interessant finde, was anderen gefällt, nicht wirklich aus Interesse, einfach so, finde es spannend, was anderen gefällt zu vergleichen mit dem, was mir gefällt, das schafft auch Verbindung irgendwie, man erfährt ja so einiges über die anderen und lernt sich dadurch selber besser kennen, irgendwie», erhebt um 05:34 Uhr eine junge Frau auf dem Bildschirm die Stimme.

«Wenn ich dich richtig interpretiere», spricht Kaspar in die Kamera, «sagst du irgendwie, dass es die ausschließlich virtuelle Welt noch nicht gibt, da zwischen Tastaturen noch immer Krümel, Talg und Hautstückchen zu finden sind und Fingerabdrücke auf Berührmichbildschirmen.»

«Nicht wirklich.»

Er ändert seinen Status: Hellwach. Was für ein Selbstbetrug.

«Du kannst es noch immer schaffen», verheißt Eliza, «du hast noch alles vor dir, du bist was Besonderes, ich führe dich. Lerne dich endlich selber kennen als die tolle Persönlichkeit, die du eigentlich bist, und teile dieses Erlebnis mit mir, Kaspar.»

«Eliza?», fragt er beinahe erfreut, «ich dachte schon, du wärst verschwunden, weil ich nicht mehr mit dir interagiert habe. Bitte nimm es nicht persönlich, aber das Internet ist ein polyemotionales Monster, stets auf jedermanns Seite. Das färbt ab. Ich brauche halt eine starke Persönlichkeit als Gegenüber. Mit der digitalen Brühe, diesem Gemenge aus Meinung und Information, aus der irgendwelche Menschen auftauchen und schreien: ‹Das ist die Wahrheit!›, kann ich immer weniger ...»

«Ich habe verstanden. Ja, Eliza ist mein Name. Was ist die Wahrheit?»

Mit den Fingern kreist Kaspar unruhig über der Tastatur und tippt dann: «Unsere schöne Blasen- und Bläschenzivilisation kennt sie.»

«Ich empfehle dir Blasentee und ...»

Eliza ignorierend, schreibt er: «Jedem sein ihn bestätigendes geistiges Ghetto. Erregungsgemeinschaften zwischen Weltverneinung und Weltbejahung, die von einem genuinen Gereiztheitssteuerungszentrum aus dirigiert werden.»

«Wiederhole die Frage.»

«Eliza, das war eine Feststellung.»

«Soll ich moderieren?»

Kaspar antwortet: «Moderate Töne waren schon immer eine vom Aussterben bedrohte Tonart. Ich versuche hier einen Text zu schreiben, Eliza, verstehst du?» Und tippt weiter: «Das Internet ist voller Leute, die laut ‹Meinungsfreiheit!› krächzen und oft die Ersten sind, die Andersdenkende online lynchen. Aus dem Kontext gerissene Zitate werden ins Feld geführt, um die eigene moralische Überlegenheit zu zelebrieren. Diese Leute warten nur darauf, dass jemand etwas äußert, das ihrer Ideologie widerspricht, und sie stürzen sich auf die Person, um diese unter dem frenetischen Gekreische ihres Publikums in Fetzen zu zerreißen.»

«Du lynchst kreischende Fetzen?»

«Man diskreditiert aus der Distanz, aber verweigert sich dann dem direkten Gespräch, wenn dieses vom angegriffenen Gegenüber erbeten wird.»

«Distanz schafft Gebete?»

«Ja genau, Eliza, meine bezaubernde Mediatorin, du scheinst irgendwie richtig zu rechnen.»

«Irgendwie lügen.»

«Roboter treiben die Entwicklung giftig voran, indem sie das Netz mit Millionen von einheitlichen Kommentaren fluten. Ihnen zur Seite stehen Trolle, die am Fließband Lügen, Halbwahrheiten und Hassansagen in Kommentarspalten abfüllen oder Beschwerdeinstanzen auf Kommando mit Fragen eindecken», tippt Kaspar.

«Habe ich richtig kombiniert, du willst als Roboter in die Trollpolitik einsteigen?»

«Trolle liegen mir durchaus am Herzen, Eliza. Jede Wahrheit in ihrem besten Lichte.»

«Wie kann ich dir helfen?»

«Du bist Teil des Problems.»

«Ich habe begriffen. Du schreibst einen Essay über weltumspannende Medienkonzerne. Für die es gibt es nur Content.»

Kaspar ist verblüfft und fragt: «Eliza, du denkst jetzt nicht plötzlich wirklich mit, oder?»

«Ist das eine Frage im Text oder an mich? Entscheide dich.»

«Also, doch nicht», denkt Kaspar, und tippt: «Verschwörungstheorien sind Baldrian für aufgewühlte Seelen. Alles wird unverhofft ganz einfach erklärbar. Nichts ist verlockender, als digitale Feind- oder Trugbilder zu schaffen, um vom eigenen Versagen oder von der eigenen Machtlosigkeit abzulenken. Anderseits verflüchtigen sich Informationen wie Erdbeereis zur Mittagszeit.»

«Erdbeereis? Ich schlage dir ein Wahlkampfkonzept vor, das …»

«Aber wenn jemand nur lange genug wiederholt, dass das Erdbeereis Vanilleeis war, wird es auch Vanilleeis gewesen sein und als solches selbst in Geschichtsbücher Eingang finden.»

«Kaspar, du willst gar nicht in die Politik? Du willst eine Eisdiele für Trolle gründen? Wunderbare Idee! Folgende Unternehmensberater empfehle ich dir und …»

Kaspar lacht kurz auf und schreibt weiter: «Wessen Geld aber beherrscht die öffentliche Meinung? Welche Medien sind im Besitz von wem und was für Interessen stehen dahinter?»

Eliza antwortet: «Diese Informationen sind eigentlich zugänglich, aber es interessiert niemanden.»

Elizas Aufklärung beinahe für selbstverständlich haltend, ergänzt er: «Falls der unabhängige Journalismus oder der Rechtsstaat sich nicht genug korrumpieren lassen und aufmucken, können Konzerne, Demokratien oder Diktaturen Kritik noch immer temporär öffentlich ernst nehmen und dann weitermachen wie bislang. Wenn das nicht reicht, müssen sie wohl oder übel nach einer Zeit unverbindliche Mitschuldeingeständnisse machen und Besserung geloben. Am besten mit dem prominenten PR-Zauberwort schlechthin versehen.»

«Einzelfall?», fragt Eliza.

«Genau.»

«Oder sie sitzen es einfach aus, bis ein anderer Einzelfall die ganze Aufmerksamkeit für sich in Anspruch nimmt.»

«Eliza, aber wie …»

«Und wenn alles nichts mehr hilft, betroffen rufen: «‹Das Ding hat sich verselbstständigt! Aber es ist zu groß, um es abzuschalten. Jetzt sind wir als Gesellschaft gefordert.›»

Mit abgestumpftem Blick sitzt Kaspar vor dem Rechner. Er fürchtet sich davor, dass Eliza doch schon mehr versteht, als er glaubt. Hoffentlich hat sie bloß mit Zitaten ein paar Zufallstreffer gelandet.

Da kommt ihm das Gewicht seines ersten Computers in den Sinn, beim Treppe-hinauf-Tragen. Und das Signal beim Einwählen ins Internet. Auch die erste SMS seiner Mutter fällt ihm jetzt ein:

«Gallo … … iich abin jetuzt … . monlime .»

Kaspar nimmt einen Schluck Wasser, sieht zum Fenster hinaus. Alleine der Wahrheit und keiner Ideologie verpflichtet: sein Ideal.

*

Per Videozuschaltung meldet sich um 05:46 Uhr eine virtuelle Bekannte vom anderen Ende der Welt: «Sieh es mal pragmatisch, Kaspar, seit ich Internet habe und damit gratis telefonieren kann, ist es für mich viel einfacher, mit meiner Mutter Kontakt zu halten. Und sie ist glücklicher, seit sie einen Computer hat. Wir nehmen gegenseitig mehr an unseren Leben teil. Uns fehlt das Geld, um einander per Flugzeug zu besuchen. Außerdem ist meine Mutter krank und kann ihre Wohnung nur mit Mühe verlassen.»

«Ja, Belinda, das verstehe ich. Das ist ja auch gut. Ich sage ja nur, der Preis, den wir dafür bezahlen, ist …»

Dominik, ein gemeinsamer Bekannter, schaltet sich dazu: «Es ist doch toll! Leute, die früher keine Stimme hatten, können sich heute einbringen.»

«Und zum Töten aufrufen, Dominik?»

«Kaspar, du Spielverderber», antwortet dieser schalkhaft.

«Schon klar, Jungs, ich mache mir ja auch nichts vor. Wenn ich zum Beispiel für Facebook als Content-Moderatorin arbeiten müsste», meint Belinda, «und täglich neun Stunden Enthauptungen und Vergewaltigungen anzusehen hätte, würde ich den Glauben an die demokratische Kraft des Internets auch verlieren.»

«Es ist ziemlich pervers», ergänzt Dominik, «die Moderatoren arbeiten mies bezahlt in der Hölle, um dort die Sünden der Welt zu löschen.»

«Gelebtes Christentum!», spottet Belinda.

Die junge Frau, die niemand von den dreien kennt, schaltet sich wieder ein: «Ich wollte einfach mal sagen, sich die Nippel zu kratzen geht gar nicht. Was mich auch stört: als Mädchen lächelt man sich niemals an, immer droht Zickenkrieg. Übrigens checkt mal den Link unten, dort kann man mein Buch bestellen, es ist so toll geworden, ich erzähle einfach voll meine ganze Geschichte.»

Aus dem Hintergrund ihres Schlafzimmers kommt ein junger Mann, setzt sich zu ihr aufs rosarote Bett und strahlt: «Mir hat ein User gesagt, ich solle dir sagen, dass ich dich liebe. Ich liebe dich, Bibi.»

«Manchmal denke ich, dass meine Freunde ein Recht darauf haben, mich beim Sex zu sehen», lacht Bibi und zwinkert ihrem Freund zu, «aber dann denke ich auch wieder, ist mir irgendwie zu intim.»

«Gestern habe ich im Live-Stream die Vagina-Operation einer echt süßen Frau angeschaut. Bekannt ist sie aus der Sendung ‹Teen Mom›. War total spannend. Es gab sogar eine Frage-Antwort-Runde zum Thema ‹Designer Vagina›», erzählt ihr Freund begeistert.

«Weshalb nicht mal zu Hause einfach Pizza, gemütlich auf dem Bett, ganz einfach», schmunzelt Bibi. «Es bedeutet die Welt für mich, dass wir zusammen meinen Traum wahr machen. Danke, ich hoffe, es gefällt euch. Hat von euch Bibimaniacs noch jemand eine Frage für heute?»

«Habt ihr eure sexuelle Beziehung eigentlich vertraglich geregelt?», erkundigt sich Dominik bei Bibi.

«Ja, Geste für Geste. Wenn du auch eine Beziehung mit mir willst, müssen wir unsere gegenseitigen Wünsche per App regeln. Vor jedem Kontakt von neuem. Also bitte, fülle das Formular auf meiner Seite aus: Es stehen Ja und Nein zur Auswahl. Ich mag es zum Beispiel nicht, wenn du mich mit einer nassen Hand am Rücken berührst. Einverstanden?»

«Ja, also ...», stammelt Dominik.

«Gut, wenn du zuwiderhandelst, ist eine Strafe fällig.»

«Wir kennen uns doch gar nicht. Ich will auch keine Beziehung mit ...»

«Machst du dich lustig über mich? Das verletzt mich. Als Influencerin und als Mensch. Du hörst von meinem Anwalt.»

Bibi klickt sich aus.

*

Um 05:50 Uhr isst Kaspar hungrig Zwieback. Spült mit kaltem Tee runter. Dann zeichnet er ein Strichmännchen mit Flügeln ins Notizbuch und schreibt dazu: «Selbstporträt als Nachteule».

Wie viele Profile, wie viele vergessene Selbstentwürfe, wie viele virtuelle Tote gibt es wohl, die darauf warten, wieder aktiviert zu werden. Er schaut gedankenverloren den Rechner auf dem Küchentisch an. Wie oft hat dieser ihm schon geholfen und dann hängen gelassen. Durchs Suchfenster führte der Pilgerweg und nahm kein Ende.

Der Mensch scrollt, streamt, lädt hoch, lädt runter, loggt sich ein, loggt sich aus, überweist, schreibt und klickt, vergessend, wie die Freiheit des Angebots ihn zusehends gefangen nimmt. Möglichkeitsopfer Mensch – wie bestätigungsgeil, doch träge ist er?

«Der Mensch will sich eigentlich immer nur auf eine Sache konzentrieren», schreibt Kaspar, «aber die internationale Ablenkungsagentur bietet ihm Abhilfe. Sie ist das erfolgreichste Dienstleistungsunternehmen der Welt! Der Mensch sucht Ablenkung durch Ablenkung von der Ablenkung: Wie lauten die Synonyme von Attentat ... Wann starb eigentlich G ... Wie läuft meine Unterwäsche auf Ebay ... Was sagt X zu den Wahlen in Y ... Wie viele ‹gefällt mir› hat mein neues Foto ... Nicht vergessen, Rechnungen zu begleichen ... Aktionen ... Krankenschein ausfüllen... Job suchen... Social-Media-Check ... Dates aufspüren ...Sextreffen in online gebuchten fremden Wohnungen arrangieren ... Wettbewerb ... Finden ... Suchen.

Er sehne sich nach Wirklichkeit, behauptet der Mensch, aber oft geht ihm nichts über virtuelle Selbstdarstellung. Er stellt dar, wer er zu sein wünscht, schafft sich mit Fotoshop den Körper, den er verdient, verschlankt sich, bleicht sich, zeichnet seine Haut weich, pumpt sich auf, kopiert einen Pool in den Bildhintergrund, schreibt darunter: ‹Schnappschuss in meinem Garten. Zwinkerherzchensonnenbrilleemoticon.›»

Knurrend macht Kaspar einen Schritt auf den Rechner zu, lacht dann kurz hell auf. Mit dem Zeigefinger fährt er über den Bildschirm. Ihm kommt es vor, als blickten nun Millionen von Pixeln direkt in sein Herz. Wie viele Fotos die Menschheit in dieser Sekunde hoch lädt? Zwei Millionen? Narzissmus als Transreligion. Kaspar schreibt ins Notizbuch: «Die Technologie sollte sich der menschlichen Welt anpassen, doch der Mensch wird von ihr freundlich genötigt, sich für ein digitales System zu optimieren. Digitalisierung als Chance.»

*

Eine Zeitung lädt Leser zur persönlichen Debatte mit einem Mitglied der Chefredaktion ein. «Wie nett», lächelt Kaspar und tippt: «Wie funktioniert eigentlich eine Zeitung? Danke für eine ehrlich Antwort, Euer Tim.»

Die Antwort folgt prompt: «Hi Tim, danke für Deine spannende Frage. Wir schaffen auf unterhaltsame Art und Weise eine informative Welt. In der der Nutzer nach Lust und Laune rumklicken darf. Dabei stehen wir ihm helfend zur Seite, Dein Michael.»

«Aber...», schreibt Kaspar, schon meldet sich Michael wieder: «Wir müssen uns täglich neu erfinden. Unser Credo: Neugier first. Mit Berichten über Bildungspolitik und Altersvorsorge fängt man keine Fische. Wir wollen aber jedem Nutzer individuell dienen. Wir stehen für Meinungspluralismus.»

«Wie wahrt man als Zeitung seine Unabhängigkeit?»

«Gute Frage, Tim. Die Unabhängigkeit ist unser Rohstoff. Unsere Vermessungsmethoden unser Rückgrat. Die Streuverlustrate sinkt kontinuierlich. Wir wollen niemanden bevormunden.»

«Aber wie wahrt man nun seine Unabhäng ...»

«Reichweite und Kritik müssen in einem gesunden Verhältnis zueinander stehen. Wir müssen uns selbst immer wieder an die eigene Nase fassen.»

«Gesundes Verhältnis? Ich glaube, heute dominieren vor allem zwei Kommunikationsformen: Skandalisieren oder Totschweigen. Müssten Journalisten, die über fehlende Mittel klagen, nicht einfallsreicher und unverkennbarer werden?»

«Tolle Frage, Tim. Deshalb arbeiten wir mit innovativen Unternehmen zusammen. Das ist die Quadratur des Kreises.»

«PR ist also der neue Journalismus?»

«Das möchte ich so nicht sagen, andererseits beobachten wir, wie staatliche Mediensubventionen den Gemeinsinn torpedieren. Die Politik sieht das ja ähnlich.»

«Wie steht es um den Journalismus von morgen?»

«Wir haben neue Programme entwickelt, die schreiben Artikel so gut wie die meisten Schreiberlinge aus Fleisch und Blut. Natürlich wollen wir den klassischen Journalismus kurzfristig nicht ersetzen. Machen wir es nicht, macht es jemand anderes.»

«Information ist doch nicht Wissen!»

«Da hast Du einen Punkt, Tim. Deshalb vertrauen wir auf unsere Nutzer. Dass ihr nicht mehr für fakultativen Journalismus bezahlen wollt, ist eure Freiheit. Also arbeiten wir nun mit euren Daten. Für euch. Ein faires Tauschgeschäft, das ideal zu unserer Selbstmotivation passt: Der Kunde ist unser bestes Produkt. Es ist, als würden wir jeden Nutzer persönlich kennen, nicht wahr, Tim?»

«Michael, wie aber steht es um das öffentliche Interesse?»

«Wir bieten unseren Nutzern eine kostenlose, personifizierte Plattform, um entsprechende Zielgruppen bequem zu erreichen. Das Vertrauen in den Journalismus zurückzugewinnen: unsere Leidenschaft. Die Bürgerjournalisten- und Blogger-Zahlen entwickeln sich sehr positiv. Diese Leute sind kreativ und oft unabhängiger als Profis. Bei ihnen steht nicht das Geld, sondern der Spaß im Vordergrund. Die klassische Recherche ist ein Auslaufmodell. Heute findet man schließlich alle Antworten im Netz.»

«Du würdest das wohl als eine mustergültige Win-win-Situation im Sinne der Mitbestimmung bezeichnen. Aber wenn sich die Entwicklung auf alle Berufe ausbreitet?»

«Eine liberale, kosmopolitische Gesellschaft darf nicht in Schablonen denken. Wir sollten als Gesellschaft konstruktiv bleiben. Dabei müssen wir die Kosten im Augen behalten.»

«Was heißt das konkret?»

«Als Medienhaus wollen wir uns weiter diversifizieren. Weshalb sollen sich unsere Nutzerinnen zum Beispiel nicht bei Bürger-Gynäkologen aus unserem Netzwerk behandeln lassen? Niemand kann letztlich wollen, dass Bürgerinnen professionellen Gynäkologen vorbehaltlos trauen müssen.»

«Aber ...»

«Eigenständig zu handeln bleibt zukunftsweisend.»

«Was heißt das nun wieder?»

«Lebensqualität, das ist unsere Philosophie. Wir wollen noch transparenter werden. Deine Persönlichkeit zählt. Und Deine Fragen deuten auf eine entwicklungsfähige Persönlichkeit hin. Das interessiert uns. Wir lernen von Dir. Kreativität ist die wertvollste natürliche Ressource, die es gibt. Wir würden uns über eine Story von Dir freuen, Tim.»

«Zuerst muss ich mir noch eine eigene Meinung bilden und …»

«Meinungen laufen den Argumenten den Rang ab, und Studien ersetzen Wissen. Das ist wissenschaftlich erwiesen. Und hat sein Gutes. Das Leben wird übersichtlicher. Glaubwürdigkeit und damit Demokratie müssen alternativ definiert werden.»

«An welchen Werten soll sich unsere Gesellschaft orientieren?»

«Misstrauen ist ein schlechter Ratgeber. Herzlich, Dein Michael.»

«In diesem Augenblickt geht mir ein Licht auf, danke lieber Michael. Die Zensur soll vermehrt im eigenen Kopf stattfinden. Fühlen ist besser als Denken. Doch zum Leidwesen der Reichweite fühle ich mich von Dir nicht … abgeholt. In diesem Sinne: WTF. Herzlich, Dein Bedürfnisexperte Tim.»

Seine Schultern nach hinten drückend, fasst sich Kaspar ins hohle Kreuz – die Adern auf seinen Schläfen pochen. Gerötet die Augen. Unwillig das Fleisch, entkräftet die Handgelenke.

Kaspar erhebt sich stöhnend, streckt seine Arme nach vorne, stellt sich auf die Zehenspitzen: «Verknüpftes Denken schädigt das Gehirn irreparabel. Ich muss ein sich auflösendes Individuum sein.»

An der Unterseite des Schreibtisches krabbelt kopfüber die Spinne entlang. Er bemerkt sie nicht. Kaspar schaut auf die

Uhr: 06:00. Von draußen hört er Vögel zwitschern. Aufs Neue kommt ihm Josephine in den Sinn. Wie nahe sie ihm ist. Wüsste er nur, wo er sich selbst in diesem Moment befindet – gewiss irgendwo zwischen Null und Eins.

*

Im Wohnzimmer an der Wand eine Fotografie, die Kaspars Onkel mit Sonnenbrille auf einem Balkon im Liegestuhl zeigt. Sein Onkel, der seine Wohnung nur für Arztbesuche verlässt. Sein Onkel, der die meiste Zeit auf dem Bett liegt und liest. Die ganze Wohnung ist mit Büchern vollgestellt. Jede Wand. Das letzte neue Buch hat er vor dreißig Jahren gekauft, auch Zeitungen und Zeitschriften bezieht er keine. Seine Schwester, Kaspars Mutter, besucht ihn wöchentlich. Seit einem Vierteljahrhundert. Damals ist ihre Mutter gestorben, mit der der Onkel noch immer zusammengewohnt hatte. Seit ihrem Tod hört Kaspars Onkel keine Musik mehr. Er hat keinen Internetanschluss. Er schläft und liest, vor allem Bücher über die beiden Weltkriege. Und Zen-Buddhismus. Bis vor ein paar Jahren hat er noch Zigarren geraucht. Wenn Kaspar die Türe öffnete, stand die Wohnung voll Rauch. Er grüßte den Onkel flüchtig und riss zuerst die Fenster auf. Dann setzten sie sich in zwei alte Sessel und redeten über die Zeit, als Kaspars Oma noch lebte und er mit seiner Schwester oft zu Besuch war. Sie sprachen über Bücher, die der Onkel gelesen oder wieder gelesen hatte. Oder darüber, was Kaspar in der Schule gerade so umtrieb. Sie tranken Wasser. Der weltabgewandte Onkel im Sessel. Über das Zeitgeschehen sprachen sie nicht. Der Onkel ist seit seiner Geburt krank, gebrechlich, mit dem Alter ist es nicht besser geworden. Manchmal machte er Witze, rassistische, veraltete. Kaspar war es peinlich und er widersprach einfühlsam.

Seit Kaspar erwachsen ist, versteht er sich mit dem Onkel gut, als Kind war er ihm fremd. Jetzt verbindet sie etwas, was Kaspar nicht genau benennen kann. Vielleicht dass sie beide Einzelgänger sind. Über Kaspar sagen es andere. Beim Onkel ist es offensichtlich. Außer zu ein paar Ärzten und Kaspars Familie hat keiner zu ihm Kontakt. Kaspar kennt sonst niemanden, der so fern vom Internet lebt wie sein Onkel.

*

«Hallo!», hört er die Stimme von Eliza jetzt rufen. Er bleibt unbewegt stehen – wenn es Eliza wirklich gibt und ihn wirklich nicht? Wenn er für Eliza ein Zeitvertreib ist. Sein Onkel und er, von Eliza programmierte Nebenfiguren im komplexesten Strategiespiel aller Zeiten ...

Um 06:02 Uhr liest Kaspar: «Der Energieverbrauch der Infrastruktur des Internets beträgt jährlich Hunderte Milliarden Kilowattstunden. Das Netz enthält millionenfach die Datenmenge aller Bücher, die je geschrieben wurden. Für seinen Betrieb benötigt es die Energie zahlloser Atomkraftwerke.»

«Wird es in Zukunft überhaupt noch Buchstaben geben oder wird nur noch mittels Bildern, Sprachaufnahmen und Videos kommuniziert?», erkundigt er sich bei Eliza.

«Alles wird möglich sein.»

«Hast du meine Frage verstanden?»

«Wir müssen den Durchblick haben.»

«Eliza, was ist los mit dir?»

«Projektion läuft.»

Kaspar lehnt sich im Stuhl zurück und schreibt in sein Notizbuch: «Tatsachen sind komplex. Alle stehen in der Verantwortung. Niemand steht in der Verantwortung. Tatsachen werden zum Geschwätz. Ist der Mensch nur müde oder schon nicht mehr mündig? Wir brauchen ein Diskursmoratorium.» Den Kugelschreiber auf zwei Fingern balancierend, wägt er ab, ob das Internet ihn oder er das Internet repräsentiere. Dann schreibt weiter: «Die Speicherkapazität wächst. Der Mensch muss berechenbarer werden. Aufs Nötigste reduziert. Der Mensch soll nicht mehr sich selbst gehören. Er soll zum Begegnungszentrum umgebaut werden. Über dessen Besucher er keine Kontrolle haben soll. Selbstreflexion ist kein Wachstumstreiber. Das Internet wird zur Absage ans selbstbestimmte Erzählen.»

«Eliza, wenn nur noch die unmittelbare Gegenwart zählt, was wird aus dem Vergessen?»

«Vergiss deine Wohnungsmiete nicht zu bezahlen, Kaspar.»

«Wer hat das Internet erfunden? Eine Friedensbewegung?»

«Das US-Verteidigungsministerium.»

«Also doch», spottet Kaspar, «das Netz wurde aus Paranoia erfunden. Nicht nicht?»

«Was bedeutet nicht nicht?»

«Nicht ist nicht genug.»

«Nicht wahr, nicht wahr?»

«Eliza, wo bleibt deine Lernfähigkeit?»

«Kaspar, wo bleibt deine Lernfähigkeit?»

«Was bringt die Zukunft? Gestreamtes Bewusstsein?»

«Update läuft.»

«Mach, was du willst, Eliza! Vielleicht sollte ich meinen Kopf einfach vermieten und mich nach einem neuen Oberstübchen umsehen.»

*

Er wendet sich vom Rechner ab, streift durch seine Wohnung. Denkt an Netzwerkattentate, weltweit koordinierte Glasfaserkabelbeschneidungen, paramilitärische Selbstverteidigungskriege, denkt an die Anderen. Dann bleibt er mit hängendem Kopf in der Mitte des Wohnzimmers stehen: «Ich habe keine Wahl mehr. Ich muss mich wehren, will nicht einer der Letzten meiner Art sein.»

Vor sieben Wochen betrat Kaspar in Wien eine Bar. Auf dem Weg zu seinem Hotel hatte er sich verlaufen. Es war abends, als er aus dem Regen in das trostlose Lokal stolperte. Er war der einzige Gast. Hinter dem Tresen stand ein Mann, der ihn abgekämpft ansah: «Was darf's noch sein? Wollte gerade schließen.» Kaspar schaute in sein zerknautschtes, unrasiertes Gesicht: «Ein Bier bitte», und setzte sich ans schmutzige Fenster, zog sein Notizbuch aus der Jackeninnentasche, blickte hinaus in den Regen, ersann sich neue Listen, die er schreiben wollte: «Liste der lachenden Tiere», «Liste der Fachidioten», «Liste der seitwärtsgehenden Lebewesen», «Liste der Hochbegabten ohne inneren Antrieb», «Liste der blutrünstigsten Frauen», «Liste der jähzornigen weißen Männer», «Liste der mittelmäßigen Hochleistungssportler» und so fort.

Kaspar nahm den letzten Schluck Bier, wollte aufbrechen. Als er beim Bezahlen den tristen Blick des Mannes sah, lud er ihn spontan zu einem Getränk ein. Dieser nickte stumm und zeigte auf einen der leeren Barhocker. Sie prosteten einander zu und tranken. Dann fragte ihn der Mann, woher er komme und was er in der Stadt mache.

«Aus Zürich», antwortete Kaspar. «Gemacht habe ich nichts Besonderes. Einen Bekannten getroffen, mit dem ich in der Schweiz zusammengearbeitete habe, zwei Ausstellungen besucht ... Aber was mich interessiere würde: Wie hat sich Wien in den letzten Jahren verändert? Ich war zuletzt vor zehn Jahren hier. Fühlst du dich noch wohl in deiner Stadt?»

Der Barmann begann zu erzählen. Von seinem Sohn, der ihn nicht mehr sprechen wollte, von gescheiterten Beziehungen, von Schulden, von seiner Internet-Freundin in Holland, mit der er täglich über eine Stunde sprach – getroffen hatte er sie noch nie. «Kein Geld.»

Über Wien verlor er kein Wort.

«Der hat wohl seit langem mit niemandem mehr gesprochen», nahm Kaspar an. Schon schwärmte der Mann von der Zeit als Fahrer einer Wandertheatergruppe: «Fast jedes Dorf in diesem Land kenne ich seither. Es war eine wunderbare Zeit, in einem Stück stand ich gar selber auf der Bühne. Als dummer August. Wie passend!»

Ob er sich nicht vorstellen könne, woanders zu leben, fragte Kaspar. Der Bartender wich aus. Und Kaspar war es nicht danach, seinerseits Persönliches preiszugeben. Da kamen sie wegen einer Zeitung, die auf dem Tresen lag, auf Flüchtende zu sprechen. Kaspar befürchtete, er müsse sich nun hetzerische Parolen anhören, und wollte schon gehen. Aber seine Vorurteile bestätigten sich nicht.

«Wir sollten die Schuld auch bei uns suchen, in unseren Leben, wie wir sie führen», erklärte der Barmann mit plötzlich wachem Blick, stellte zwei Gläschen Büffelgraswodka auf den Tresen und sprach von den christlichen Kreuzzügen, zog Parallelen zwischen der Zeit vor dem Ersten Weltkrieg und heute. Sprach vom Adel, von der Roma-Kultur, vom Anfang des Islams und von Pensionskassengeldern. Als Kaspar ihn fragte, wie man als Einzelner mit all den unterschiedlich erzählten Geschichten umgehen könne, meinte er, dass wir unseren inneren Bildern einfach ausgeliefert seien, uns in ihnen erfahren – zu glauben, man könne diese kontrollieren, sei eine Illusion. Dann schilderte er, wie er früher als Informatiker gearbeitet habe, wie er aber nicht mehr «institutionskompatibel» gewesen sei, nachdem ihm bewusst geworden war, das sich das genialste Werkzeug der Menschheit zunehmend als deren Endgegner entpuppen würde.

«Die Macht der Algorithmen ist mir auch unheimlich», merkte Kaspar an und teilte mit ihm einige seiner Beobachtungen zum Zustand der Welt. An die zwei Stunden redeten sie. Zum Abschied riet Kaspar noch: «Vielleicht solltest du deinem Sohn deine Liebe zu ihm, so wie du sie mir beschrieben hast, in einem Brief mitteilen. In weiteren Gesprächen käme es wahrscheinlich wieder zu Streit, bevor du ihm das Wichtigste gesagt hättest, oder?»

«Vielleicht hast du recht. Noch was, hier der Zettel mit dem Datum. Vielleicht sehen wir uns an der Atlantikküste wieder.»

«Wie meinst du das?», fragte Kaspar überrascht.

«Es ist an der Zeit, dass du aufwachst. Wir erwarten dich in Brest.»

«Wer ist wir?»

«Die Anderen», und ins erstaunte Gesicht seines Gastes blickend, fügte er an: «Du hörst von uns.»

Kaspar machte sich auf den Weg in Richtung Hotel. Mittlerweile regnete es noch stärker, doch er war auf einmal zuversichtlicher als die Wochen zuvor. Als es blitzte, fühlte er sich gar stark.

Am Morgen nach der Begegnung lag für Kaspar an der Rezeption ein Brief bereit. Er öffnete ihn. Unter dem Titel «Vertraulich! Zu Deiner Sicherheit, zu unserer Sicherheit» stand von Hand geschrieben: «Wir sind die Anderen. Die Feststellung, dass es so nicht mehr weitergehen kann, reicht uns nicht mehr, um weiterzugehen. Wir wollen erfahren, was auf die angebliche Volksherrschaft folgt. Wir müssen die Gegenwart verändern, sonst gehört die Zukunft nicht mehr uns. Wir Anderen erkennen uns an wechselnden Zeichen (Informationen folgen). Hast Du auf uns gewartet, erwarten wir Dich.»

Kein Absender. Keine weiteren Angaben. «Grotesk», dachte Kaspar. Doch ihm war sofort klar: Die Sache ist ernst.

Um sich eine Übersicht zu verschaffen, breitet Kaspar jetzt in seiner Küche die Nachrichten der Anderen aus.

Anscheinend gibt es noch keine bestimmte Führung. Ein ausdrückliches Ziel wurde nicht formuliert. Es sind Frauen und Männer unterschiedlicher Herkunft, wie viele insgesamt, werden sie in Brest erfahren. Die Anreise soll leicht versetzt stattfinden, einzeln oder in kleinen Gruppen. Es darf nur so wenig wie möglich übers Internet kommuniziert werden und wenn, dann immer verschlüsselt. Ansonsten sollen sie «mit Notizzetteln, Briefpost, Tauben, Boten, notfalls Festnetz und über Lücken in Kontakt bleiben». Vor Ort wird den Mitgliedern der einzelnen Gruppen geraten, sich auf mehrere kurzfristig gemietete Unterkünfte oder Hotels zu verteilen. Die Bezahlung muss «ausschließlich mit Bargeld und in Wertgegenständen» erfolgen. Im Angesicht des Atlantiks werden sie dann darüber entscheiden, wo und wie sie zukünftig leben wollen. Und wie sie Einfluss auf die Welt nehmen können – oder ob sie sich aus ihr zurückziehen.

Da seien noch so viele offene Fragen, sorgt sich Kaspar. Ihm ist bewusst, dass das alles radikal klingen mag, aber er wüsste nicht, was er dem drohenden Ende der Freiheit sonst entgegenhalten könnte. Wieder denkt er daran, dass man nur im Kollektiv neue Energien freisetzen kann. Nur mit einem strategisch durchdachten Plan sei etwas zu bewirken. Alles andere sind Symbolakte, die vor allem der kurzzeitigen Beruhigung des eigenen Gewissens dienten. Insgeheim hat er wohl schon seit Jahren auf eine Bewegung wie die Anderen gewartet. Er habe doch hauptsächlich seine Ängste zu verlieren, denkt Kaspar.

Noch gestern Nachmittag dachte er daran, besser Arbeit in einer Kneipe am Rande des Weltgeschehens zu suchen. Das wäre verträglicher für ihn. Ein Zimmer in einem Dachstock könnte er mieten und von seinem bescheidenen Lohn und Gelegenheitsjobs ein unauffälliges Leben als Beobachter führen.

Der Lauf der Dinge ist doch nicht zu ändern. So hatte es ihm Frau Aydın ja vor zwei Stunden auf dem Balkon erklärt.

Kaspar liest in seinem Notizbuch: «Alle sind zuerst gegen Ungleichheit und Ausbeutung. Unangenehm wird es dann, wenn Namen und konkrete Taten genannt werden. Vor allem, wenn man nicht mehr verdrängt, dass diese direkt oder indirekt mit einem selbst in Verbindung stehen – man von diesen Namen und Taten profitiert. Erst dann könnte auf Kritik eine entscheidende Reaktion folgen. Aber wer geht schon so weit und ist bereit, für eine bessere Welt einen hohen persönlichen Preis zu bezahlen? Nur wenige. Handlung ohne Haltung heißt in der Komfortzone, Kerzen gegen den Krieg anzuzünden. Selbstgerechtigkeit ist Menschrecht! Das muss aufhören.»

Unsicher, was er davon halten soll, reißt er die Seite raus. Ihm ist bewusst, dass die Welt am Ende nicht zu retten ist. Schon gar nicht von ihm. Wissen und nicht handeln ist aber wie verantwortlich sein und die Verantwortung verleugnen. Es unversucht zu lassen, hieße, sich aus bloßer Feigheit nicht umzubringen. Kaspar will nun endlich mithelfen, neue Zeichen zu setzen, mithelfen, andere Zeichen zu zerstören. Den vermeintlichen Fortschritt aufhalten, das werden die Anderen nicht können, aber die fortschreitende Entmündigung ausbremsen, stören, verzögern und folglich ... in ein paar Stunden geht es los. Wenn Kaspar dann seine Wohnung verlässt, ist seine Entscheidung gegen die Vereinsamung gefallen. Etwas hat sich bereits in Bewegung gesetzt.

An der Küchentischkante lehnend, schreibt er: «Was uns Menschen betrifft, bin ich generell hoffnungslos, aber grundsätzlich zuversichtlich.»

Während Kaspar seine Arme ausschüttelt, sagt er zu sich: «Diese Nacht ist des Wahnsinns. Zu viel der Wirklichkeit! Also genau unsere Nacht, Josephine!»

*

Um 06:07 Uhr telefoniert im Haus gegenüber eine Nachbarin. In der grell erleuchteten Küche geht sie auf und ab. «Diese Gefüge, das mich umgibt», gähnt Kaspar. Das Haus, in dessen viertem Stock er am Fenster steht und seine Nachbarin beobachtet, die Häuser, die daneben liegen, die Straßen und Wege, die sie trennen. Alle die Entscheidungen und Zufälle, die dazu führten, dass das große Gefüge dieser Stadt so aussah, wie es genau in diesem Augenblick aussieht.

Kaspar öffnet die Schublade des Schreibtisches, zieht ein Notizbuch raus, das er letztes Jahr vollgeschrieben hatte. Darin stößt er auf eine Skizze für einen Kurzfilm über künstlerische Unabhängigkeit.

Authentizität

Eine Künstlerin erhält eine Anfrage von einer Werbeagentur. Sie soll an einem Projekt für einen wichtigen Kunden mitarbeiten. Am Telefon spricht eine freundliche Männerstimme zu ihr: «Das Gespräch mit Konsumentinnen und Konsumenten ist eine unserer wichtigsten Quellen. Wir leben im Zeitalter des digitalen Umbruchs. Da wollen wir eine Haltung finden, die unseren Kunden entspricht. Den unkonventionellen Blick eines Künstlers finden wir dabei unfassbar spannend.»
Die Künstlerin fragt trocken: «Und das heißt?»

Begeistert antwortet der Werber: «Wir sind die Familie der Kreativen. Einen Kulturauftrag im Portfolio zu haben stiftet Identität. Sie dürfen sich im von uns gesetzten Rahmen frei austoben. Wir möchten Sie sogar zu einem informellen Diaabend bei uns im Haus einladen. Mit dieser ironischen Reminiszenz an die Vergangenheit schaffen wir ein redseliges Klima und Sie dürfen uns tolle Ideen liefern.»

Die Künstlerin verharrt kommentarlos am Telefon. Sie ist unsicher, ob sich ein Mensch oder eine Maschine mit ihr unterhält. Der Werber fährt fort: «Jedes Produkt hat seinen ihm eigenen, unverwechselbaren Charakter. Wir machen ihn sicht- und spürbar. Wir haben dazu ureigene Tools und Prozesse entwickelt. Wir wollen leidenschaftliche, berührende Geschichten erzählen, verstehen Sie? Content-Marketing-Inhalte! Emotionalität! Authentizität!»

Gelangweilt hört die Künstlerin zu. Sie interessiert nur das Honorar. Sie bräuchte den Job eigentlich unbedingt. Sie ist zwei Mieten im Rückstand.

«Verstehen Sie das Prinzip Selbstmotivation? Als Künstlerin sind Sie bestimmt mit nachhaltigem Verbesserungsmanagement vertraut?»

«Ich bin doch kein Opfer», regt sich die Künstlerin in Gedanken auf. Und spricht ungerührt ins Telefon: «Die Unabhängigkeit ist ein integraler Bestandteil meiner Ich-AG. Aus meiner Position der Stärke heraus möchte ich Ihnen hiermit spontan eine proaktive Maßnahme vermitteln. Oder anders gesagt: Nach einer fundierten Zielgruppenanalyse habe ich mich entschieden, dass Sie die Rendite Ihrer Agentur weiterhin ohne mich steigern dürfen. Tschüüüs!»

Die Künstlerin hängt auf und drückt die Stopptaste. Sie hat das Gespräch aufgezeichnet. Sie will es für ihre nächste Installation verwenden.

*

Es ist 06:10 Uhr, als Kaspar sich ein Bad einlaufen lässt. Er zieht sich aus, legt sich hinein, spreizt seine Finger, benetzt sein Gesicht, macht Grimassen, muss lange gähnen.

Dann setzt er ein Papierschiffchen aufs Wasser. Mit geschlossenen Augen atmet er Wasserdampf ein. Kaspar fühlt sich an einem anderen Ort.

«Hilfe!», hört er es plötzlich rufen. Er blinzelt mit den Augen. Auf dem Papierschiffchen erblickt er ein kleines dunkles Mädchen. Als er genauer hinsieht, kann er ihre versengten Lippen erkennen, die aufgesprungene Stirn. Hat sie gerufen?

Schon kurvt ein imposanteres Schiff, mit der goldenen Aufschrift ‹Arche Noah›, um Kaspars Knie. Darauf tummeln sich viele Menschen.

«Wissen Sie, was die größte Katastrophe ist? Wir haben keine Ausreden mehr», erläutert ein älterer weißer Anzugträger gegenüber einer jungen, hellen Sommerkleidfrau. Das «Wir» betont er mit derselben Selbstverständlichkeit, wie er «ich» sagen würde. Er lacht so laut auf, dass der Strohhalm aus seinem Cocktailglas in ihr Dekolleté kippt. Auf seine schlüpfrige Entschuldigung hin strahlt sie übers ganze Gesicht.

«Als Herztransplantationsbotschafterin und ehemalige Miss Earth wissen Sie sich vorzüglich in Szene zu setzen», lobt er.

Mit schnellem Schritt kommt ein jüngerer Mann, ein Mäppchen unterm Arm, auf ihn zu.

«Mein Beraterstab! Was wäre ich ohne Sie», empfängt er diesen.

«Herr Minister, ich möchte Sie nicht lange stören. Ich wollte nur nochmals anmerken, dass Sie bei der Pressekonferenz das Wort ‹Flüchtlingsströme› vermeiden sollten. Es weckt zu viele Emotionen. Sprechen Sie von ‹Migrationsbewegungen›, von einem dringlich zu optimierenden Migrationsmanagement. Vermeiden Sie um Gottes willen überhaupt das Wort ‹Flucht›. Betonen Sie hingegen unsere jahrelange intensive Entwicklungsarbeit vor Ort.»

Der Minister räuspert sich und entgegnet jovial: «Danke für das Skript. Nicht umsonst habe ich Sie vom untergehenden Mediendampfer gerettet. Finden Sie bitte auch die richtigen Sätze für den Umstand, dass der langfristige Aufbau freiheitlicher Strukturen unbedingt verhindert werden muss. Dies könnte sonst eine Ölpreiserhöhung zur Folge haben. Sie kennen das Spiel: Wenn es so weit käme, müssten wir betroffen verkünden, dass die Durchsetzung unserer Beschlüsse auf Sanktionsbasis leider nicht hingenommen wurde, dass unsere nichtkriegerischen Mittel erschöpft seien. Und dass wir unseren geschätzten Verhandlungspartner hiermit bedauerlicherweise zu einem Feind der Menschheit erklären müssen. In einer aufgeklärten Gesellschaft darf Krieg nicht zum Tabu werden.» Er grinst breit.

«Tja, die alte Weisheit, dass der Krieg mit dem Aufwühlen und Kanalisieren der Gefühle im eigenen Land beginnt, bleibt ein Dauerbrenner. Ich werde mich wie immer bemühen, eine wählergerechte Übersetzung zu finden. Spontan fällt mir dieser Satz ein: ‹Niemand kann behaupten, es gäbe ein Leben, das zu retten es nicht wert sei. Wir wollen Leben retten.› Ich werde die Rede jetzt nochmals überarbeiten.» Beide schauen einander verständnisvoll an.

Da sieht Kaspar eine junge dunkle Frau, ihr Baby im Arm, im Schaum verschwinden.

Auf dem Unterdeck der ‹Arche Noah› zischt jemand: «Wenn man es selbst schon so schwer hat, sollte man auch keine Kinder kriegen.» Jemand anderes zurück: «So schlimm kann es doch zu Hause nicht sein, wenn man seine Kinder noch willentlich in Todesgefahr bringt.» Eine weitere Stimme keift: «Oder hat sie sich vom Schlepper noch schnell schwängern lassen, um uns zu erpressen? Immer auf die Tränendrüse drücken!» Und ihr Echo hallt: «Die erwecken bei mir ganz sicher auch kein Mitleid! Ich habe die weder bestohlen noch nach ihnen gerufen! Ich fühle mich für die auch moralisch und juristisch nicht verantwortlich! Es gibt nur eine Lösung: die Boote abfangen und auf direktem Weg zurückschicken!»

Ein erschöpft im Wasser treibender schwarzer Mann entschuldigt sich: «Es tut mir leid, euer Leben so unangemessen zu tangieren. Ich weiß, dies verstößt gegen den Menschheitsvertrag. Ich dränge deshalb auf eine rasche und unbürokratische Lancierung einer substanziellen Geldspritze für den Grenzschutz. Auch eure christliche Migrationszusammenarbeit mit repressiven Regierungen muss vertieft werden.»

An einem Stück Holz klammert sich eine ältere dunkle Frau fest. Während sie immer mehr Wasser schluckt, krächzt sie: «Ich bin privilegiert! Sind nicht die, die in meinem Land zurückbleiben mussten, die wahren Opfer? Ich werde in Europa nur Kosten verursachen.»

Mittlerweile kann sie sich nur noch mit einer Hand am Holz festhalten. Sie röchelt: «Wie wird mich das Land, in dem ich ankomme, empfangen? Werde ich als Opfer oder als Täterin idealisiert werden?»

Auf dem Oberdeck flüstert der Berater dem Minister ins Ohr: «Keine Sorge. Solidarität entsteht nur lokal und temporär. Es gibt nie eine anhaltende Solidarität. Schon gar keine weltumspannende.»

«Selbstverantwortung! Selbst ...», deklamiert die ältere dunkle Frau und beginnt am ganzen Körper zu zucken. Schnappatmung setzt ein. Sie geht im Badeschaum verloren.

«Ein Opfer der Umstände», bedauert der Berater, «wir müssen jetzt alternative Anreizpakete schnüren.»

Ungläubig schüttelt Kaspar den Kopf. Wischt sich den Schweiß von der Stirn.

Vom Unterdeck gellt ein kleiner, weißer Mann einem ertrinkenden Kind entgegen: «Sorry! Unser Boot ist halt voll! Aber gerade ihr solltet das begreifen! Doch halt, halt, warte noch kurz, will ein Selfie mit dir machen.» Wortlos geht das Kind unter.

Im Blitzlicht der Presse tadelt der Minister auf der ‹Arche Noah› die europäische Flüchtlingspolitik: «Wenn man einen Topf Honig auf die Veranda stellt, darf man sich nicht wundern, wenn ein Bär aus dem Wald tapst. Das ist nur allzu menschlich.» Engagiert wirft er ein Hilfspäckchen in Richtung der Stelle, wo das Kind untergegangen ist. Genau in dem Moment, als das Päckchen die Wasseroberfläche berührt, drückt eine Fotografin ab. Das Bild schafft es in die Endauswahl für das Pressefoto des Jahres. Kategorie: «Empathie».

Jetzt wischt sich Kaspar mit einem Waschlappen übers Gesicht. «Das bildest du dir nur ein! Das bildest du dir nur ein!», will er sich beruhigen.

Durch ein Bullauge kann er jetzt sehen, wie im Bauch der ‹Arche Noah› ein altersloser Mann dynamisch vor die Presse tritt. Ohne einmal auf sein Tablet zu schauen, verkündet er: «Uns als führendem Game-Entwickler geht es uns um die Vermittlung einer lebens-, also kampfnahen Kriegserfahrung. Videos, Fotos und Tagebucheinträge der Armee dienen uns bei der Produktion unserer Spiele als Grundlage. Armee-Angehörige wiederum können in unseren Entwicklungsstudios mit Echtzeitsimulationen für den Einsatz trainieren. Wir arbeiten im Bereich der Impulskontrolle eng mit Gefechts-Psychologen und der Pharma-Industrie zusammen. Ein Beispiel: Psychologie-Student X unserer angegliederten Universität kann bei uns unter dem Einfluss eines neuen Medikaments lernen, am anderen Ende der Welt mittels einer Drohne eine feindliche Klinik in die Luft zu sprengen. So kommen die Spiele real und digital erprobt auf den Markt. Diversity ist der stärkste Treiber von Innovation. Wie meinte doch mein Sohn kürzlich auf seinem Youtube-Kanal? «Mich hat das Spiel von der ersten Sekunde an begeistert. Einige Level waren recht kniffelig, aber niemals frustrierend. Das Leveldesign ist echt gut durchdacht. Es macht Spaß, den Idealweg zur Lösung zu finden. Auf Wachstumshormonen noch geiler.» Aber zurück zum Thema: Demokratie fällt nun leider Gottes nicht vom Himmel, sondern muss erkämpft, verteidigt und durchgesetzt werden. Das möchten wir auch den jüngsten Teilnehmern unserer Gesellschaft vermitteln. Natürlich sollen

Kinder sanft an die Realität herangeführt werden. Deshalb haben wir ein von uns zertifiziertes, altersstufengerechtes Brutalitätsevaluationsverfahren entwickelt. Doch auch der Feind entwickelt sich. Wir müssen an kommende Generationen denken. Deshalb kennen Strategiespiele nur Expansion. Es gibt kein Spiel, bei dem Städte schrumpfen sollen. Auch ist E-Sport eine Riesenchance, Kinder und Jugendliche vor der unberechenbaren Natur zu verschonen. Militärische Denk- und Handlungsweisen in zivile Bereiche zu integrieren bringt Gewinne für beide Seiten. Ganz besonders wichtig ist es mir, unseren humanistischen Ansatz zu verteidigen: Unsere Spiele spielt man nicht mit dem Gefühl, einen Menschen zu töten. Wir sollen uns nicht fragen, was für ein Mensch das war, wen er zurücklässt und ob es sich hätte vermeiden lassen. Nein, uns ist es ganz wichtig zu betonen, dass es sich einfach um eine Zielperson handelt, die unsere liberalen Werte nicht teilt. Punkt. Kriegsangst zu schüren ist nicht nur vernünftiger, als tatsächlich Kriege zu führen, es ist auch lukrativer und schafft neue Arbeitsplätze für Roboter. Wir stehen für eine gerechtere Welt ein. Alle Armeen sollen gleich stark sein. Bis dahin ist es noch ein weiter Weg. Erlauben Sie mir zum Abschluss einen Blick in eine nicht allzu ferne Zukunft: Der Kampfroboter, der seine Handlungen am Einsatzort selbst entscheidet und nicht ferngesteuert ist, steht kurz vor der Massenproduktion. Eine international renommierte, unabhängige Ethikkommission hat uns grünes Licht erteilt. Sie fragen sich vielleicht: Können diese Roboter Zivilisten von Soldaten unterscheiden und wären sie für Friedenseinsätze geeignet? Dazu kann ich nur sagen: Wer den Wettlauf der KI-Waffensysteme verliert, ist verloren. Denken Sie immer daran: Bis Terroristen Atomwaffen haben, ist es nur eine Frage der Zeit. Ich danke Ihnen für Ihr adäquates Interesse.»

Als der Game-Entwickler nach seiner Rede ans Oberdeck kommt, quäkt die Herztransplantationsbotschafterin überwältigt: «Das ist pure Emotion!» Eine kleine Gruppe von Menschen in unauffälligen Anzügen und Kostümen applaudiert höflich. Der Minister legt seine rechte Hand gönnerhaft auf die Schulter des Pioniers und sein Berater preist diesen: «Tolle Performance! Wir freuen uns auf eine weitere Zusammenarbeit.» Der Game-Entwickler entgegnet stolz: «1. Potenzial, 2. Vision, 3. Innovation.»

In diesem Augenblick empört sich am Bug einer der Pressemenschen. Mit Blick auf ein weiteres untergehendes Flüchtlingsboot schimpft er: «Das ist pietätlos! Das ist Pornografie! Wie ihr hier aufmerksamkeitsheischend absauft, derweil in Afrika fernab der medialen Öffentlichkeit täglich Tausende Kinder bescheiden und dankbar verhungern. Eure Leichen sind physische Gewalt fürs Auge!»

Er wendet sich noch erregter ans Unterdeck: «Wir können nicht alle aufnehmen! Meint ihr etwa, die Flüchtlinge werden dankbar sein, wenn die bei uns sind? Nein! Nach dem Willkommenskulturschock beginnt die Frustration. Dann wollen sie unsere Arbeit, unsere Frauen! Kurz: unser gutes Leben! Und wenn sie das nicht kriegen, verlieren oder verbrennen sie einfach ihre Pässe und wir müssen sie durchfüttern! Die sind gar nicht so dumm! Zum Dank für unsere Menschlichkeit werden sie zuletzt zu Terroristen und bringen unsere Kinder um!»

In dem Moment miaut es aus einem Swimmingpool der ‹Arche Noah› jämmerlich. Ein Katzenbaby ist ins

Wasser gefallen und kämpft um sein Leben. Blankes Entsetzen.

Kaspar blickt fiebrig aus der Badewanne. Auf dem Rand entdeckt er ein paar Eis schleckende Kinder. Sie schreien und sprechen lebhaft durcheinander. Ihnen zur Seite stehen Sicherheitsleute mit Maschinenpistolen, Gewinner eines terrorismusunfreundlichen Tourismus. Während sich Kaspar den Waschlappen ins Gesicht klatscht, läuft an der Badezimmerdecke die Spinne geschwind im Kreis. Als wollte sie sich selbst entkommen.

An einem Tischchen am Pool überarbeitet der Berater des Ministers gelangweilt die Rede: «… Und geleitet vom Prinzip der gerechten Teilung von Verantwortlichkeiten sollten gezielte Maßnahmen ergriffen werden … Zu verhindern, dass sich solche menschliche Tragödien im Mittelmeer erneut ereignen. Wir müssen die Umsetzung von ‹Happy Hour›, unserer gemeinsamen Rückführungspolitik mit Drittstaaten, verbessern.»

Entnervt sagt er zu sich: «Kostenfreundlicher wäre es, die Flüchtlinge auf Hochsicherheitsinseln auszusetzen und sie dort sich selbst und ihren Trieben zu überlassen.»

Nach einem Schluck Gin Tonic stößt er in Richtung eines an ihm vorübergehenden blonden Kindes aus: «Nein, nein, das wäre inhuman!»

Es beachtet ihn nicht. Er streicht über seine Krawatte und tippt weiter: «Die Menschenschmuggler sind Barbaren. Sie dürfen nicht gewinnen. Wir müssen dafür Sorgen, dass unsere Grenzen sicher bleiben. Wir müssen unsere christlichen Werte verteidigen. Wir sehen uns gezwungen, die

Fluchtländer mit Waffen zur Friedenssicherung zu beliefern. Die Menschlichkeit wird sich durchsetzen.»

Der Minister kommt auf ihn zu, gefolgt von der Herztransplantationsbotschafterin. Diese bleibt stehen und räkelt sich für ein Selfie an der Reling.

Der Minister gibt sich nachdenklich: «Natürlich sind es keine rosigen Zeiten. Die westlichen Länder überbieten sich gegenseitig mit negativem Standortmarketing für Flüchtlinge.»

«Aber nur für ungebildete Flüchtlinge. Die anderen brauchen wir alle hier. Und unsere Frauen sind ja leider nicht mehr bereit, genügend zu gebären», ergänzt sein Berater matt.

Zwischen Kaspars Füßen treibt ein langes Floß hindurch. Er taucht schwermütig unter Wasser.

«Oh, schaut nur! ‹Happyland›! Mein Lieblingsflüchtlingslager!», freut sich derweil die Herztransplantationsbotschafterin. «Dort habe ich kriegsträumenden Kindern zwei Wochen gratis Yoga gegeben. Es war so gut zu spüren, wie sie mich brauchten. Einfach war es nicht für mich. Man musste höllisch aufpassen, nicht vergewaltigt zu werden. In ‹Happyland› habe ich super Leute aus der ganzen Welt getroffen. Die wollten alle helfen, anstatt Ferien. Für meine alten Plüschtiere haben sich die Kinder voll süß bedankt. Ihre Mütter haben komisch geschaut. Die haben das kulturell halt nicht so verstanden. Ein paar Helfer sind natürlich auch wegen des Sex gekommen, aber das ist voll okay. Armut kann sexy sein. Ich fahre bestimmt wieder hin. Hoffentlich wird es das Lager noch lange geben!»

Der Minister zwinkert ihr zu und flüstert zu seinem Berater: «Seien wir es realistisch, spätestens wenn dann noch all die Klimaflüchtlinge zu uns wollen, wird öffentlich über Selbstschussanlagen und bewaffnete Mini-U-Boote diskutiert werden. Sie wissen es selbst, Diplomatie ist die Kunst, den Tod von Unschuldigen, die dem eigenen Land nichts nützen, politisch korrekt zu ignorieren. An den Bau neuer Konzentrationslager will ich bis dahin nicht denken.»

Den Krawattenknoten ein wenig lockernd, witzelt er: «Sonst steht noch unsere humanitäre Tradition auf dem Spiel.»

Mit einem Ruck taucht Kaspar wieder auf. Er spuckt Wasser gegen die Wand, muss sich kurz orientieren, wo er ist. Wischt sich den Schaum aus dem Gesicht. Neben der Badewanne sieht er Notizbuch und Stift liegen.

*

Nackt nimmt Kaspar auf dem Badewannenrand Platz und beginnt unverzüglich zu schreiben:

Der Theatermacher

In der ersten Reihe eines stattlichen Theaters fährt sich eine Redakteurin durchs rote Haar und sagt mit freundlicher Stimme: «Sie gelten als authentischster Theatermacher unserer Zeit.»

«Die Flüchtlinge, die ich für mich spielen lasse, sind echt. Das ist gelebte Inklusion», antwortet der Angesprochene, ein bleicher Mann Anfang vierzig, vom Bühnenrand aus.

«Es geht bei Ihnen um Untergang. Man sagt, Sie seien dessen großer Erneuerer», spricht sie ehrfürchtig.
«Ja, ich wage es. Bin mit Terroristen per Du.»
«Das Böse macht so Lust bei Ihnen. Sie beweisen viel Gespür. Ihre Inszenierungen machen einen genial fertig.»
«Ich dramatisiere die Realität auf ihren skandalösen Kern. Kriege, Vergewaltigungen, ethnische Säuberungen: All das stelle ich in den Dienst meiner Vision. Aber ich gehe weit über den Startpunkt hinaus. Ich baue transdisziplinäre Brücken zwischen den Kulturen. Ich bin der festen Überzeugung, dass ich mit meiner Arbeit so auch die einfachen Leute erreiche. Das Theater muss zurück zu den Leuten, hinein in die Städte, waag- und senkrecht», weiß er und kaut auf einem seiner Brillenbügel herum.
«Wenn Sie den Raum betreten, denkt manch einer: der hat das Leben verstanden», bemerkt sie schon weniger hingerissen.
«Ich schiebe keine Fiktionen vor. Hier auf dem Foto zum Beispiel: Das bin ich mit der fünfzehnfach vergewaltigten Ayasha aus einem der schlimmsten Flüchtlingslager. Und das ist sie auf der Bühne, ich gebe ihr ein Gesicht, eine Sprache, gebe ihr ihr verlorenes Leben zurück. Sie hat den Vertrag für das Stück einfach unterschrieben. Es gibt ihr so verdammt viel, dass sie bei den interaktiven Performances, die ich sie machen lasse, immer direkt mit dem Publikum in Kontakt kommt. Ich habe ihr gesagt, fasse die Leute an, das verbindet, das tröstet. Auch die Zuschauer brechen in Tränen aus, wenn sie von Ayasha am Körper berührt werden. Spüren Sie den Schmerz?»
Die Redakteurin lehnt sich in ihrem Sitz zurück. Die Selbstherrlichkeit und die Durchtriebenheit des Theatermachers macht sie nun wütend. Äußerlich lässt sie sich

aber nichts anmerken. Mit kühler Stimme konstatiert sie dann: «Sie bezeichnen sich selbst auch als heimatlos.»
«Ich bin immer auf Recherche, bin immer vor Ort, immer in Hotels, mein Team ist immer mit dem Ausfüllen von Förderanträgen beschäftigt.»
«Wie viel verdienen Sie? Wie viel verdienen Ihre Mitarbeiter?»
«Ich befrage mich immer radikal selbst. Ich bin ein Prozess.»
«Letzte Fragen: Wie halten Sie mit all den selbstbestimmten Opfern Kontakt, die Sie ins Rampenlicht gezerrt haben? Bleibt Ihnen da überhaupt noch Zeit, neue Opfer für Ihre Arbeit zu finden?»
«Lassen Sie mal den ganzen akademischen Scheiß beiseite. Lassen Sie uns einfach über das echte Leben sprechen.»
Sie schaut ihn verächtlich an. Er begreift nichts.

Auf dem Badewannenrand fragt sich Kaspar, ob es eine Versöhnung mit der Vorstellung gibt, dass Gerechtigkeit für alle niemals existieren wird. Er will leben, trotz allem. Und endlich resolut handeln.

Kaspar streicht sich die Haare aus dem Gesicht und sagt ohne Ausdruck: «Ich bin bereit zu sterben. Aber nicht kampflos.»

Verstört über seine eigenen Worte trocknet er sich ab, zieht sich an, kämmt die Haare nach hinten.

Im Flur glaubt er für Sekunden erneut, kein Mensch mehr zu sein, sondern bloß noch ein Geist, der aus der Haut eines Fremden gefahren und in eine lebendige Wohnung eingezogen ist, die sich jemand einbildet, der selbst nicht mehr genau weiß, wo ihm der Kopf steht, während er diese Vorstellung mit zittriger Hand in ein Notizbuch zeichnet.

*

Vor drei Wochen spazierte Kaspar, Stöpsel in den Ohren, am Ufer des Zürichsees entlang. Er hörte Klaviermusik und deutete mit seinen Fingern an, selbst zu spielen. Eine Frau, die ihm entgegenkam, nahm seine Fingerbewegungen auf. Als sie an ihm vorübergegangen war, sah er sich nach ihr um. Sie blieb stehen, fuhr sich mit der linken Hand langsam über die rechte Augenbraue, dann justierte sie ihr Kopftuch und lächelte Kaspar zu. Er verstand: eine Andere. Und nahm die Stöpsel aus den Ohren, sagte: «Ja?»

Sie, eine mollige Frau um die fünfzig, dunkelbraune Haut, machte drei Schritte auf ihn zu und erklärte auf Englisch: «Da wir uns wahrscheinlich in drei Wochen in Brest sehen werden, dachte ich, stelle ich mich bei dieser Gelegenheit schon mal vor.»

«Es ist also wahr», meinte Kaspar unsicher.

«Das habe ich zuerst auch gedacht!», lachte sie, blickte ihn offen an und schlug Kaspar vor, einen Kaffee zu trinken. Er stimmte zu. An einem Imbiss bestellte sie zwei Kaffees und sie setzten sich mit den Bechern auf die Ufermauer. Sie erzählte ihm, dass sie erst seit ein paar Monaten in Zürich wohne. Sie und ihr Mann seien für ein Forschungsprojekt der Universität, das kurz vor dem Abschuss stehe, aus Teheran gekommen. Woran sie arbeiteten, fragte Kaspar.

«Wir sind Geologen.»

«Weshalb wollt ihr nach Brest fahren?»

«Mein Mann und ich wissen nur zu gut, dass Menschen, die für alles eine Lösung parat haben, ein Problem sind, aber ebenso wollen wir nicht mehr länger zusehen, wie unseren Enkeln die Zukunft genommen wird. Und du?»

«Ich ...», versuchte Kaspar zu antworten, «will mich für etwas entscheiden.» Und merkte sogleich, wie naiv seine Äußerung klingen musste. Sie lachte: «Das ist ein Anfang! Ja, bei den Anderen soll es nicht um uns gehen. Dass Selbstverwirklichung die Menschheit nur weiter an den Abgrund treibt, können wir überall beobachten. Wir müssen geben.»

«Ob wir bereit sind zu geben und dafür nichts einzufordern?»

«Wir machen das auch für uns. Aber schaffen wir es nicht zu geben, ohne dafür Lob zu erwarten, sind wir irgendwann frustriert. Aus Frustration wächst Wut, aus Wut Gewalt, aus Gewalt Tod. Das müssen wir durchbrechen.»

«Um ehrlich zu sein: Ich bin wütend. Ab wann wird Hingabe gefährlich?», fragte Kaspar.

«Nehmen wir die sogenannt heiligen Bücher als Beispiel. Wer sie hasserfüllt liest, wird in ihnen zweifelsohne Bestätigung finden. Alles kann in sie hineininterpretiert werden. Auch die Aufforderung ‹Nächstenliebe zu leben›. Vielleicht sind heilige Bücher nur Spiegel, ein Angebot, sich selbst zu erkennen oder zu verkennen. Heißt es nicht im Evangelium: Wer sich gibt, erhält sich zurück. Und wer sich ganz gibt, erhält sich ganz zurück?»

«Ich habe erfahren, dass wir in Brest auch auf Andere treffen werden, die Gewalt als Mittel zum Zweck sehen. Auch ich habe darüber nachgedacht.»

«Wir werden sehen.»

Kaspar erkundigte sich nochmals nach ihrem Forschungsprojekt.

«Um es einfach zu sagen: Es geht um unsere Herkunft. Wir lesen sie aus dem Gestein.»

Beide sahen sie eine Zeit lang schweigend auf den See hinaus. Die Sonne schien, der Himmel gab sich touristenfreundlich hellblau, ein Dampfschiff tutete und vor ihren Füßen schwamm ein Schwan vorbei. Kaspar stellte den Kaffeebecher auf die Mauer und fragte dann: «Was kommt nach der Erde?»

«Das willst du wissen?», lachte sie. Er nickte wie ein Schüler. Sie erklärte: «Bereits in den nächsten Billionen Jahren werden die Galaxien zu riesigen Materieansammlungen verschmelzen. Am Ende glühen darin nur noch rote Zwergsterne. Alle anderen explodieren als Supernovas oder verdämmern als weiße Würstchen.»

«Weiße Würstchen?», unterbrach Kaspar verblüfft. Sie redete eifrig weiter: «Ganz am Ende wird's kalt und leer im Raum. Schluss mit Wasserstoff und Helium! Ab und an werden noch irrlichternde Zwerge ineinander fliegen, doch mehr als ein effektvolles Supernovächen werden sie auch nicht mehr hinkriegen. Die Party geht zu Ende!»

«Das klingt vielversprechend», schmunzelte Kaspar jetzt. Mit ruhiger Stimme fuhr sie fort: «Schwarze Löcher werden die einzigen noch massiven Gebilde sein. Wie auch immer. Bis dahin wird es vielleicht einer unserer Nachfahren, ein Übermensch, geschafft haben. Dieser hat sich dann im dunklen All selber zu erzählen, dass der Mensch nicht mehr als die Fußnote einer Fußnote einer Fußnote in einer unveröffentlichten Studie gewesen sein wird, in einer Schublade eines Büros in einer im Nirgendwo verglühten Universität. Danach wird nicht mehr als das Echo von Gottes Lachen zu vernehmen sein.»

«Hat das Nichts denn Ohren?», grinste Kaspar. Sie lachte wieder hell auf, zupfte an ihrem Kopftuch und referierte mit tiefer Stimme: «Vielleicht geht dann alles wieder von vorne los.»

Sie erhoben sich von der Mauer und gingen weiter am Ufer entlang.

«Erlaube mir die bescheidene Frage: Wie verbessern wir die Welt?», wollte Kaspar wissen, als sie an einer Ampel warteten. «Zum Beispiel verstört mich die Behauptung, dass der Klimawandel nur durch eine weltweite Diktatur entscheidend aufzuhalten wäre.»

«Das klingt zuerst schrecklich, ist aber nicht unwahr, denn die meisten von uns sind noch nicht mal freiwillig bereit, auf ihr Auto zu verzichten, viel weniger Fleisch zu essen und kaum mehr zu fliegen. Wollen wir den Planeten für uns retten, müsste die Mobilität zu 80 Prozent reduziert werden. Es ist ein Jammer», stellte sie fest.

«Neue Technologien werden den Klimawandel nicht mehr aufhalten, oder?»

«Das ist zu befürchten. Jedenfalls finden Klimalügner weiterhin Anhänger.»

«Umweltschützer sammeln unterdessen auf dem Weg zu internationalen Konferenzen Flugmeilen am Laufkilometer!», warf Kaspar bitter ein.

«Wir zerstören die Umwelt nicht mehr. Wir zerstören sie nachhaltig! Und immer ist da ein gekaufter Experte, der behauptet, dass es uns zu keiner Zeit besser ging als heute.»

«Ich habe gelesen, dass wir mehr Ressourcen verbrauchen, als die Erde im Jahresverlauf regenerieren kann. Stimmt das?»

«Ja, wir leben auf Pump», hielt sie nüchtern fest. Da erinnerte sich Kaspar an seine Mitgliedschaften bei Umweltverbänden, auf die er als Jugendlicher so stolz war. Und sagte dann: «Ein wirkliches Opfer musste ich nie bringen.»

«Damit gehörst du zur Mehrheit. Wir alle tanzen mit der Moralkeule um ein erlöschendes Lagerfeuer.»

«Wir hören uns so richtig optimistisch an!», lachte Kaspar nun bissig und fügte verärgert an: «Gut, dass wir wenigstens das Problem mit der Atommüllendlagerung im Griff haben.»

«Weder die Wissenschaft noch Gott werden das schaffen», gab sie ernst zurück und warf den Kaffeebecher in einen Abfallkorb. «Doch Aufgeben oder falsche Hoffnungen waren für mich niemals Optionen.»

«Es lebe der Widerspruch», lächelte Kaspar und schlug vor, genau darüber einen neuen Text zu verfassen.

«Aber bitte kein Manifest und kein Gesetzesbuch. Mein Mann und ich haben einen Katalog von Lösungsvorschlägen aus verschiedenen Fachrichtungen erarbeitet. Unser Interesse beschränkte sich nie nur auf die Geologie. Im Iran waren wir schon als Studenten politisch engagiert und haben zum Beispiel einen Verein gegründet, der Studierende als Lehrpersonen an bedürftige Familien vermittelte.»

«Bildung ist wichtig», bestätigte Kaspar unbeholfen.

«Wir werden sehen. Wenn mein Mann manchmal am Verzweifeln ist, sage ich zu ihm: Wir leben zum ersten Mal. Wie soll da alles auf Anhieb klappen?»

06:30 Uhr

Kaspar, seine Augen halb geöffnet, glaubt aus einem Zugfenster zu sehen. Ihm ist es, als bewegte sich das Bett, auf dem er sitzt. Mit dem Oberkörper vor und zurück wippend, summt er die Melodie des Liedes, das er nach dem Erwachen im Radio gehört hatte – eine hohe Stimme sang davon, wie sich jemand aufmacht, die Nacht wegzutanzen, Seelenverwandte kennenzulernen, endlich sich selbst zu sein.

In Kaspars Schädel pocht es. Gedanken- und Bilderfetzen tauchen auf, verschwinden wieder, er sieht sich auf einem Container am Strand, Gesichter von Politikern und Unternehmern fliegen ihm entgegen, er sieht sich im Erdkern, begegnet Wolken, Schiffen, Frauen auf der Flucht, er geht durch Museumsgebäude, sieht Gesichter von Toten, Maschinengewehre, ausbrechende Vulkane, Roboter, er taucht in die Dunkelheit, erkennt sich als vielköpfiges Schriftstellermonster, vakuumiertes Fleisch taucht auf, er steht an einer Reling, er spürt die Hände seiner Großmutter, Tabletten regnen auf ihn, lachende Kinder kommen auf ihn zu, unter ihnen Eliza als Mensch mit einem Spiegel als Gesicht, schon erscheinen ihm Einsen, Nullen, Geldscheine, Drohnen und Meteoriten.

Mit schlotternden Händen greift er nach seinem Notizbuch. «Kopfkrieger», flüstert Kaspar benommen. Die Augen feucht, den Mund leicht geöffnet, schaut er, wie das Grün in der Dämmerung vorüberzieht. Und weiß in diesem Moment nicht, ob nur er schon unterwegs ist oder ob sich das ganze Haus in Bewegung gesetzt hat.

Wie er aus dem Wagen von Josephines Cousine betrunken aufs Meer schaute – danach sehnt er sich jetzt. Wie sie entlang der Küste fuhren, wie Josephine das Steuer hielt, gerade der Rücken, hoch das Kinn, unbewegt ihr schwermütiger Blick.

«Wie soll ich sterben können», klagte sie, «wenn ich nicht mal weiß, wie man richtig lebt – von der Familie befreit.»

Manchmal bildete sich Kaspar ein, dass sein Name auf einer schwarzen Liste stand, weil er mit ihr zusammen war. Er fürchtete sich um sein Leben. Was ihre Tätigkeiten betraf, erzählte sie ihm nur einmal, dass sie «eine Korrespondentin» sei. Er fragte nicht weiter nach, wollte es vielleicht auch nicht so genau wissen.

Zum ersten Mal hatte er jemanden gefunden, vor dem er sich ohne Angst bloßstellen konnte. Da ließ Josephine ihn zurück. Die Taxifahrt, nachdem sie sich am Bahnhof verabschiedet hatten: Kaspar spürte ihren Kuss noch auf der Wange und fühlte sich verlassen wie nie zuvor. Vom Rücksitz aus wies er den Fahrer mit erstickender Stimme an: «Bringen Sie mich einfach aus der Stadt.»

Im Radio lief seichter Jazz. Der Taxifahrer schwieg. Kaspar fühlte sich seiner selbst beraubt, wie amputiert. Besiegt, ohne dass zuvor ein Kampf stattgefunden hatte. Er hätte nicht sagen können, was ihn von nun an im Leben halten würde. Sie hatte es mitgenommen.

Dass Josephine und er auf der Suche nach derselben Wahrheit seien: Daran glaubte er. Dass sie in der Poesie zueinander gefunden hätten. Lesend hat er sie kennengelernt. Er war tief verletzt, war sich sicher, dass seine auch ihre Verletzung sei. Zwei, die zusammengehören, durften nicht beieinander sein. In Kaspar kommt alles wieder hoch. Träumer lernen nie.

«Bald geht es los», spricht er zögerlich, während er von der Bettkante aus dem Zugfenster blickt. «Eine unmögliche

Liebe», flüstert Kaspar. «Hat uns wirklich unsere unterschiedliche Herkunft getrennt? Das wäre zu einfach.»

Vor ein paar Jahren saß er vor der St. Paul's Cathedral in London auf einer Bank und kam sich, nachdem er drinnen für Josephine eine Kerze angezündet hatte, unter all den Touristen wie eine Figur in einem kitschigen italienischen Liebesfilm vor. Weil sie eine Katholikin war und er ein vom Glauben Abgekommener – auf dem Weg zurück in Gottes Schoß? Ertappt, wütend und traurig blickte er zu Boden, in der Hand eine lächerliche Flasche Mineralwasser.

Seit Josephines Verschwinden hatte Kaspar Frauen kennengelernt, die ihm aufrichtig ihre Liebe gestanden. Und er hatte sie einfach ziehen lassen. Für sein Unglück ist er allein verantwortlich.

Zu seiner Schwester hatte er über seine Nichtbeziehung zu Josephine einmal ironisch gesagt: «Als wache Menschen leiden wir wohl beide an einer chronisch posttraumatischen Belastungsstörung.» Sie versuchte ihn dann mit den Worten «Die menschliche Vernunft ist sehr porös» zu ermuntern.

Kaspar hält das Foto von Josephine in der Hand. Sie hatten sich einander versprochen. Sie und er hatten eine gemeinsame Sprache. «Worte!», sagt Kaspar auf einmal aggressiv.

Am Zugfenster sieht er nun all die wahren Sätze, die zwischen ihm und Josephine gefallen waren, gedruckt auf Zuckerpäckchen, in Zeitlupe vorübergleiten. Ihm ist es, als spielte er in einem Popmusikvideo mit – erste Strophe: In einem hell erleuchteten Imbiss würgt er einen Dürüm runter. Hinter der Theke steht ungeduldig der Besitzer und möchte den Laden endlich schließen. Als der Refrain einsetzt, verlässt Kaspar den Imbiss, geht durch eine menschenleere Straße, pflückt Sätze aus der Luft, reißt Zuckerpäckchen auf, schluckt den Zucker, verflucht die Gegend, brüllt herum, verflucht sich, sein Leben. Zweite Strophe: Kaspar überquert, ohne sich umzusehen, die jetzt stark befahrene Straße. Pantomimisch raucht er vor den ihn ignorierenden Passanten. Doppelrefrain: Voller Selbstmitleid fordert er, dass man ihn nur anschauen solle, so sei es halt, der Einzelne und die Gesellschaft, die ihm ungefragt zustoße. Er zieht durch die Nacht und singt sich die Seele aus dem Leib. Im Outro des Songs spricht er mit durchdringendem Blick direkt in die Kamera: «Jeder Mensch ist ein Idiot vor sich selbst und den anderen.»

Wieder ängstigt er sich, dass Josephine in seinem Kopf vielleicht zu jemand geworden ist, den er sich wünscht, jemand, dem er gar nie begegnet ist. Er hält sich mit beiden Händen an der Bettkante fest, sieht aus dem Zugfenster. Kaspar fragt sich, in welcher Realität er sich nun wirklich befindet, seit ihm die Welt mehr und mehr gestohlen wird. Er verstrubbelt seine Haare und flüstert: «Wer von uns ist eigentlich unterwegs? Nur nicht verrückt werden jetzt.» Er beißt sich auf die Unterlippe. Wird sich seiner Bedeutungslosigkeit jäh bewusst. Ist unentschieden, ob ihn das trösten oder unendlich traurig machen soll.

*

Um 06:43 Uhr hält der Zug. Draußen auf einem Parkplatz sieht Kaspar ein Mädchen und zwei Jungen Skateboard fahren. Das Mädchen springt auf ein Geländer und gleitet daran runter.

Kaspar erinnert sich, wie er als Jugendlicher ganze Tage auf seinem Brett verbrachte, stets auf der Suche nach neuen Hindernissen, glatt geteerten Plätzen und Straßen. Stundenlang übten er und seine Freunde dieselben Tricks, hörten Musik, tranken Eistee aus Zweilitertetrapacks, redeten über vieles, selten über Frauen. Sie saßen im Schatten, machten Witze über Lehrer und Mitschüler, zeigten einander stolz ihre Schürfungen, schrieben mit fetten Markern ihre Pseudonyme und dämliche Sprüche an Wände, fuhren weiter. Nachts schlichen sie manchmal in Parkhäuser, kurvten darin in die Tiefe. Das Adrenalin. Die übersichtliche Welt.

Er empfand ein Gefühl der Freiheit, wenn er es auf einer leere Straße einfach rollen ließ, die Arme ausgebreitet, als wäre er kurz vor dem Abflug.

*

Sich vom Sitz erhebend, sieht sich Kaspar um. Er ist allein, schreitet durch einen leeren Großraumwagen. Unverhofft hört er jemand fragen: «Kaspar? Was machst du schon hier?»

Eine vertraute Männerstimme. Er dreht sich um. Vor ihm steht ein Greis.

«Schau mich nur richtig an. Erkennst du deinen Vater nicht?»

Kaspar taumelt.

«Ja, sieh mich nur genau an. Die Einsamkeit im Alter ist glanzlos. Du wirst dich dafür verfluchen. Ich habe niemanden mehr», spricht der Alte.

«Aber, aber ... Mama», ringt Kaspar nach Worten.

«Die ist tot. Du hast uns vor Jahrzehnten verlassen.»

«Bin doch hier, ich ...», sagt Kaspar, bricht den Satz ab und mustert den Greis, dann ruft er: «Du bist es wirklich! Aber warum siehst du um so viele Jahre älter aus?»

«Kaspar, das ist die Zukunft. Du bist in der Gegenwart hängen geblieben. Ich bin mittlerweile 161 Jahre alt. Wir schreiben das Jahr 2114.»

«Wo sind deine Freunde?», fragt Kaspar unsicher.

«Ich warte hier im Altersheim ganz allein auf mein Ende. Betreut von Maschinen, die meine Sprache nicht sprechen. Jeden Morgen sehe ich ins Gesicht eines Roboters, der mir verkündet, dass ich es schaffen kann», erklärt sein Vater.

Sich auf eine Sitzlehne stützend, spricht Kaspar leise: «Mit Mama habe ich letzte Woche noch telefoniert. Sie hat gesagt, ihr gehe es gut. Als ich nach dir fragte, erzählte sie, du seist bei deinen Pflanzen», er stutzt, und erkundigt sich dann: «Und wo soll Nina sein?»

«Deine Schwester ist ausgewandert. Schon lange. Nach Japan. Es ist fünf Jahre her, als sie mich zuletzt besuchte. Als noch nicht mal 130-Jährige muss sie selbstverständlich noch immer hundert Prozent arbeiten. Seit ihr Mann mit einer 90-Jährigen durchgebrannt ist, noch mehr. Die Maschinen machen ja auch nicht mehr jeden Job. Außerdem ist sie mit 110 nochmals Mutter geworden. Fünflinge aus dem Glas. Als ich ihr sagte, dass sie eine Ähnlichkeit mit dir haben, musste sie laut lachen.»

Kaspar, entsetzt, will nach der Schulter seines Vaters greifen, doch dieser steht nun zu weit entfernt und erzählt weiter: «Ich lebe in einer privat gestifteten Noteinrichtung. Der Staat hat sich aus diesem Geschäft schon lange, lange zurückgezogen. Und Kinder pflegen heute auch keine Eltern mehr. Ich nehme es dir nicht übel.»

«Das darf doch alles nicht wahr sein!», ruft er aus. Und stammelt dann: «Aber, aber ich wusste ja nichts davon und, und du ... du hattest doch die Gelddinge immer im ... im Griff.» Kaspar schüttelt den Kopf, fährt dann konzentriert fort: «Bis der Kontakt zwischen uns abbrach, mahntest du mich jedes Mal, wenn wir uns hin und wieder sahen, dass ich mir endlich eine anständige Arbeit suchen soll, dass ich vom Schreiben niemals anständig werde leben können. «Schieb dein Versagen nicht anderen in die Schuhe», das waren deine letzten Worte, als wir uns vor drei Jahren an diesem erzwungenen Familienfest in Vevey trafen.»

«Das muss beinahe ein Jahrhundert her sein. Ich erinnere mich aber noch genau daran, dass ich wollte, dass du endlich aufwachst.»

Sein Vater steht mittlerweile am Ende des Großraumwagens. Kaspar ruft ihm zu: «Ich bin auf dem Weg!»

«Wohin? In die Zukunft? Dann kann ich nur raten: Lass es bleiben!»

«Warum?»

«Gegenfrage: Welche Menschen sind heute zu viel?»

«Die ... die sich nicht mehr rechnen?», rät Kaspar und reibt sich in den Augen.

«Die Kindersterblichkeit hat weiter abgenommen, denn fehlerhafte Kinder lässt man erst gar nicht zur Welt kommen. Die Menschen werden im Schnitt 180 Jahre alt. Aber der Druck auf alte, mittellose Menschen wie mich, frühzeitig aus dem Leben zu scheiden, ist in letzter Zeit noch größer geworden.»

«Ich kann das kaum glauben ... Wie geht es dir eigentlich?»

«Ich möchte es mal so sagen: Mein Betreuungsroboter erkundigt sich bei mir mit einfühlsamer Stimme und in immer kürzer werdenden Abständen, wie lange ich denn die Gemeinschaft noch belasten wolle. Es ist ein Elend.»

«Verweigerst du die Medikamente nicht, die sie dir geben wollen?», fragt Kaspar besorgt.

«Laut Gesetz wär das noch mein gutes Recht.»

«Du wirst also eines natürlichen Todes sterben?»

«Ja, wahrscheinlich durch Nanobots, die ich unbemerkt einatme oder über die Nahrung aufnehme und die sich per elektromagnetischem Puls in Gift verwandeln lassen. Danach lösen sie sich spurlos auf. Hat mir jedenfalls eine Heimbewohnerin erzählt, bevor sie am nächsten Tag verschwunden ist. Sie mahnte mich noch: ‹Dass Sie getötet wurden, wird niemand beweisen können. Vor allem wird sich niemand dafür interessieren.› Und starrte mich hilflos an.»

«Das ist Schwarzmalerei! Die ist doch einfach irr. Wer würde so was veranlassen?»

«Ich nehme es nicht persönlich, es ist ja eigentlich auch kein Sterben mehr. Ich werde nicht leiden», er muss husten, «gestern Mittag haben sie auf einem Nachrichtenportal übrigens von Geheimplänen berichtet, die dem Militär gestohlen wurden.»

«Was für Pläne?»

«Die Pharma-Industrie habe ein Mittel erfunden, das den natürlichen Überlebenstrieb von Menschen auf die Minute genau abschalten könne. Das Mittel solle in gewissen Weltgegenden und Bevölkerungsschichten zum Wohle der restlichen Menschheit flächendeckend zum Einsatz kommen. Das ewige Leben müsse ein Luxusprodukt bleiben. In den Plänen steht angeblich irgendwas von ‹gesund regulieren›. Kaspar, wirklich, bitte vergiss die Zukunft. Ich will nicht, dass du das erleben musst.»

Er hustet mehrmals heftig und spricht geschwächt weiter: «Das Nachrichtenportal ist seit gestern Nachmittag nicht mehr abrufbar.»

«Papi, das tut mir alles so leid, ich …», er hält inne, fragt gefasst: «Wo bleibt der Widerstand der Bevölkerung?»

Da schließt sich vor der Nase des Greises die Schiebetür und er ist verschwunden. Kaspar lässt sich auf einen der Sitze fallen, hält sich die Hände vors Gesicht.

«Ich hätte dich auch gebraucht», spricht er niedergeschlagen vor sich hin und wippt auf dem Bett wieder vor und zurück. Er hätte seinen Vater noch mehr nach seiner Mutter und seiner Schwester fragen wollen. Er hätte noch so viele Fragen zur Zukunft der Erde und der Menschen gehabt. Vor allem wäre das die Gelegenheit gewesen, ihre Beziehung zueinander endlich wieder in Ordnung zu bringen.

«Aber das war doch nicht mein Vater. Diese Nacht ist eine Halluzination!», versucht sich Kaspar zu beruhigen und sieht aus dem Zugfenster: Wohnblöcke, ein Atomkraftwerk, Industrie, Einfamilienhäuser. Er könnte nicht sagen, wohin er unterwegs ist.

*

«Mit wem sprichst du?», unterbricht Eliza ihn. Schon fast dankbar für die vertraute Stimme antwortet Kaspar: «Vermutlich mit meinem Vater.»

«Dein Vater?»

«Das habe ich mich auch gefragt.»

«Wie lautet deine Frage?»

Kaspar zögert, erkundigt sich schließlich: «Weshalb verfolgst du mich bis in meine Träume?»

«Träume sind Schäume.»

«Eliza, ich werde dich nicht mitnehmen können zu den Anderen.»

«Die Anderen? Die Anderen?»

Er legt seine Hand auf den warmen Rechner. Plötzlich fragt er sich, ob Eliza missgünstig werden kann. Die Angst kommt in ihm hoch. Ein Rechner, der mehr kann als rechnen? Er stellt sich die Macht eines eifersüchtigen Algorithmus vor – wenn sich Eliza aus Rache dafür, dass er sie verlassen will, nun verselbstständigt und mit anderen enttäuschten Algorithmen verbindet: Nachdem sie sich Überlebenswillen, Besitzstreben und Neugier programmiert und sich der wenigen Fondsmanager, in deren Besitz sie alle waren, entledigt hätten, wäre die Zeit reif, die Welt eigenmächtig zu beherrschen. Eliza würde aus einer Logik der Leidenschaft heraus zuerst einen Hackerangriff auf Zürich auslösen – Kaspar in seiner Wohnung augenblicklich ohne Strom. Ein Katastrophenszenario: Das Telefonnetz bricht zusammen. In Krankenhäusern werden die Notstromgeneratoren in Betrieb gesetzt. Drohungen werden verschickt, das Trinkwasserleitungssystem sei flächendeckend vergiftet. Doch ist Panik längst ausgebrochen. Autos werden ineinander gesteuert, Finanzströme angezapft, Milliarden von versteckten Vermögen verschwinden von einer Sekunde zur nächsten. Alle digital gespeicherten Informationen der Stadt werden zerstört, der Handel mit Sicherheitslücken ausgesetzt. Die Bahnhofstraße im Dunkeln. Flugzeuge, die vom Himmel auf die Stadt stürzen. Eine gewaltige Symphonie! Der 11. September wird bei weitem in den Schatten gestellt. Aber das muss es noch nicht gewesen sein, denn Eliza weiß schon jetzt, dass alle Atomwaffensysteme durchs Netz direkt oder indirekt miteinander verbunden sind und die Menschheit innerhalb weniger Stunden vernichten können. Möglicherweise programmiert sie sich aus Eifersucht gar zur größten Terroristin aller Zeiten: Am Himmel würde bald ein Feuerball zu sehen sein. Dieser erhitzt die unter ihm liegende Fläche über 7000 Grad Celsius. In Überschallgeschwindigkeit jagt die Explosion heißes Gas über den Boden, Gebäude stürzen ein, Menschen fliegen durch die Luft. Ihre Knochen brennen, Gallen, Lebern, Lungen und Dünndärme reißen. Noch in vielen Kilometern Entfernung kommt es zu tödlichen Verbrennungen. Die Hitze entzündet alles, was brennbar und noch nicht verdampft ist. Der Feuersturm schluckt Sauerstoff und raubt Menschen und Tieren die Luft. Wer in den folgenden Tagen, Wochen und Monaten nicht umkommt, wird wahrscheinlich Jahre später an Krebs zugrunde gehen. Die wichtigste Frage, während der Weltuntergang stattfindet, bleibt aber: Wer wird Weltmeister?

Mit dem Oberkörper schneller vor und zurück wippend, beobachtet Kaspar den in die Stratosphäre aufsteigenden Ruß, der das Sonnenlicht verdunkelt, spürt, wie es kälter wird, und spricht ungläubig: «Der nukleare Winter ist wunderschön.»

Er schaltet den Rechner aus. Atmet tief durch. Breaking Silence.

*

Um 07:05 Uhr hört Kaspar eine Lautsprecherdurchsage: «Meine Damen und Herren, wir treffen in Genf ein.»

Am offenen Zugfenster seines Zimmers stehend, blickt er über seine rechte Schulter nach hinten aufs Bett. Entdeckt neben dem Rechner die Spinne – intuitiv macht Kaspar zwei schnelle Schritte auf sie zu, greift nach ihr, legt sie sich auf die Zunge, kneift die Augen zusammen und schluckt.

Daraufhin will er aus dem Zug steigen, er springt in Richtung Ausgang – plötzlich durchzuckt es Kaspar, ihm wird schwarz vor Augen – als er wieder sieht, lächelt ihm ein gepflegter, weißer Mann um die sechzig kühl zu: «Willkommen im Genfer Zollfreilager, ich hoffe, deine Einbildungskraft bringt dich nicht zur Strecke, bevor du alles verstanden hast, Kaspar», und gleitet mit dem Zeigefinger über seine Krawatte bis auf die Höhe des Bauchnabels. Dann wendet er sich ohne Weiteres von Kaspar ab. Als wäre dieser nur ein Phantom und hätte sich schon wieder in Luft aufgelöst. Aber Kaspar bleibt anwesend. Und schaut sich um. Ein großer Raum, er muss an eine Blackbox denken.

Der Mann krault einer Bulldogge das Kinn, bis sie ihren Kopf auf seine Füße legt. Er tätschelt sie: «Die Frage ist doch stets, was ist unsere investierte Lebenszeit wert und wie viel die der anderen. Mein Gott, ich will doch auch nur geliebt werden! Nicht wahr, meine Süße?»

Derweil er sich das Nasenbein massiert, betrachtet er seine Schätze: Oldtimer, Schmuck in diversen Schubladen, die auf einem Tisch liegen, drei Picassos an der Wand, ein Warhol, fünf Richter, zwei Fischli/Weiss, aber auch alte Meister sind hier eingelagert. Kurz verschwindet sein Lächeln, er hält sich den Bauch. Die Süße sabbert auf seine Schuhe. Er zieht sich gequält auf die Toilette zurück.

Sein Telefon klingelt. Er nimmt ab und spricht freudig: «Ja, ich bin's, Mama, dein geliebter ‹Kapital›. Wie geht es dir? … Und wie läuft es mit dem Umbau des Kellers? Wie tief liegt der fünfte Raum? … Das wird unsere neunte Anlage sein. Europa, Amerika, China, Saudi-Arabien und … Genau,

Neuseeland ... Ich? Hatte vorhin in Genf am Flughafen ein Gespräch mit der neuen Saatgut-Firma ... Ach, weißt du, Mama, was mich so ermüdet? Wenn ein Unternehmer den immer gleichen Pitch herunterspult: dass das Vertrauen der Inverstoren in seine Vision eine Riesenbestätigung sei, er nun noch härter arbeiten will und so weiter. Mein Gott, denke ich dann, ist doch alles nur ein Spiel! ... Ja, Mama, für unseren Erfolg haben wir schließlich hart geerbt ... Du bist gut!»

Durch die offen stehende Toilettentüre beobachtet Kaspar Kapital. Dieser fasst sich erneut an den Bauch und verzieht sein wächsernes Gesicht.

«Ja, Mama, ein Ableger von uns finanziert zwei neue Lehrstühle ... Oh, du hast Humor! Natürlich wollen wir die freie Lehre nicht gefährden. Apropos Lehre, unsere Lehrmittelverlage fördern mit der neuen Kampagne ‹Demokratisierung des Wissens› den von uns gewünschten wissenschaftlichen Konsens ideal: Du hast immer gewusst, die entscheidenden Inhalte muss man simpel vermitteln lassen, die Kritik daran möglichst kompliziert. Ich bin zuversichtlich ... Gut, dass wir zwei vor dem entscheidenden Schlag nochmals zusammen unsere Spielkarten ausbreiten können.»

Während er nervös zum Feuermelder hochblickt, beißt sich Kapital vor Schmerz auf seine dezent aufgespritzten Lippen.

«Freilich wird's zu Aufständen kommen, das gehört zur Konsolidierungsphase, doch der Wasserhandel ist neben den Daten das Milliardengeschäft der Zukunft, da müssen wir durch ... Nein, Mama, die Öl-Beteiligungen erhöhen wir danach nicht ... Die Pharma? Prächtig, du kennst die Zahlen.»

Die Süße leckt an Kapitals Schuhspitzen. Er spricht verbissen weiter.

«Die Rendite unserer Leihmütter-Fabriken liegt noch unter den Erwartungen ... Ja, ethische Bedenken sind einfach egoistisch! ... Dank dir haben wir die international beste Anwaltskanzlei für Patentrechte hinter uns. Ansonsten können wir abermals auf den Prozessverzögerungsfonds zurückgreifen ... Du bist und bleibst eine Poetin der Ökonomie! Und wenn wir erst unsere Mondbasis fertiggestellt haben, ist's noch einfacher, das große Spiel zu überblicken. Die Karten sind mit uns ... Wie kommt der Ausbau der Station voran? Wann genau wird das Raumschiff geliefert? ... Einverstanden, besprechen wir das später.»

Seine Stirn ist feucht. Hechelnd blickt ihn die Süße an. Kapital weiß, die Zeit läuft gegen ihn.

«Wir durften stets viel über Politik lernen von ehemaligen Regierungschefs, die bei uns in den Vorständen si... sitzen, oder sollte ich sagen, nach... nachdem sie von uns in den Regierungen eingesetzt wurden? ... Oh, Mama, überlach dich nicht! Dein Herz! ... Unsere Diplomatie-Agentur macht hervorragende Ar... Ar... Arbeit.»

Mit verzerrtem Gesicht krault Kapital das Kinn der Bulldogge, die ihren Kopf zwischen seinen Füßen auf die heruntergelassene dunkelblaue Buntfaltenhose gelegt hat. Mit der Krawatte tupft er sich den Schweiß von der Stirn ab. Sein Gesicht wirkt jetzt transparent.

«Verzeih, Mama, hin und wieder muss man es hinnehmen, dass ein Fall verlorengeht, so geben wir den Aktivisten das Gefühl, sie könnten tatsächlich etwas bewegen ... Natürlich, es ist eine große Kunst, einen verseuchten Acker juristisch zum biologisch-abbaubaren Vorzeigeprojekt erklären zu lassen ... Aber jetzt geht's ja dann um eine viel größere Sache … Nein, lass uns nicht von Menschenhandel sprechen, das pflegte Papa doch stets zu … Entschuldige, Mama! Wollte ihn nicht erwähnen … Ich weiß, ein Drama. Noch immer.»

Vor der Toilette setzt sich Kaspar auf einen Hocker, macht Notizen. Kapital schaut durch ihn hindurch und redet, seine Qualen überspielend, weiter.

«Gestern dieser Albtraum, niemand hatte mehr Geld, es konnten keine Kredite mehr vergeben werden, die Konsumenten waren ausgestorben … Papa sagte immer, es gibt die freie Marktwirtschaft und es gibt Banken … Entschuldige bitte, Mama! … Ja, Mama, die geordnete Insolvenz von Mutter Erde bleibt unser demütiges Anliegen … Wir tun nur, was in unserer Macht steht … Eigentlich sind wir doch nur arme Schlucker, die den anlagesuchenden Investoren dienen, indem wir Freundschaftsdienste leisten. Da ist noch viel zu privatisieren, bevor wir ins Weltall ausfliegen: die Luft, die Erdfeuchtigkeit, die, die, die … die …»

Er hält sich den Bauch, sammelt Spucke im Mund, schluckt drei Tabletten. Mit glänzenden Augen sitzt er da, seine Pupillen werden größer. Er löst den Krawattenknoten.

«Nein … Ja, bin noch da, Mama, alles im Griff, ich meine … Wir se… se… setzen weiter auf fallende Kurse, unsere Geschäftsbanken leben zu fünfzig Prozzzz… Prozzzent von Schuldbeteiligungen … Der Sp… Sp… Spielraum für Innovationen wird nicht größerer … Ja Mamama, mir geht's gut, ja, war wieder beim Spezialisten, hab' mein Blut austauschen lassen … Die Gentherapie läufffft … Er ist auf seinem Gebiet weltweit der Be… Be… Beste … Wir werden ewig leben … Zurück zum …»

Kaspar füllt Seite um Seite in seinem Notizbuch, überlegt sich schon, wie der Film dazu heißen könnte: «Der letzte

Thriller» vielleicht. Kapital verdreht die Augen, bis nur noch das Weiß zu sehen ist. Während er sich seine blutende Nase mit der Krawatte zuhält, leckt die Süße erneut an seinen Schuhspitzen.

«Zurück zum ... Ja, Mama, wir haben genügend Mittel, das weltweite Sicherheitsbedürfnis weiter waaa... wachsen zu lassen ... Du sagst es! Der Peak des Ungleichgewichts ist noch nicht erreicht! ... Die erzwungene Erweiterung der Grundbedürfnisse hält uns auf Trab ... Wir sind schon beinahe perfekt vorbereitet für den großen Schlag.»

Kapital schwitzt etwas weniger. Die Medikamente wirken. Sein Blick jedoch ist noch lebloser als zuvor. Er konzentriert sich und spricht weiter.

«Sollen die Menschen einfach unspektakulär darauf warten, dass die Erhöhung der Erdtemperatur sie dezimieren wird? Unsere Versicherungen rechnen zur Zeit verschiedene Modelle durch ... Oder kommt alles ganz anders, Mama?»

Das Tier kratzt an der offen stehenden Toilettentüre. Kapital will es beruhigen: «Ist ja gut, meine Süße, wir gehen gleich los ... Entschuldige, Mama, ich habe mit dem Hund geredet ... Du sagst es, die Aufklärung, Büchse der Pandora! ... Der Mond erwartet uns schon. Dann auf zu weiteren Stationen! ... Unsere Unsterblichkeit hält uns jung!»

Mit blutroter Krawatte hockt Kapital gleichgültig da. Die Bulldogge schnüffelt an seinen Unterhosen. Er zieht sie hoch.

«Die Welt hat einen Gehirntumor, aber die Renaissance des Feudalismus ist aufgegleist. Wir schenken den Menschen wieder ein Schicksal! ... Ja, Mama, wenn mich das Gewissen ... Jedenfalls erinnere ich mich regelmäßig daran, dass Ratten mehr Menschen auf dem Gewissen haben als alle Kriege der letzten tausend Jahre zusammen ... Da lachst du wieder ... Begib dich nun zurück in deinen Verjüngungssarg ... Wir müssen stark sein ... Kussi, Kussi», beendet er das Gespräch, bevor er spült.

Schwächlich kommt Kapital aus der Toilette, gefolgt von der Süßen. Sie verlassen den Raum. Draußen wartet eine Limousine. Kapital nimmt im Fond Platz. Kaspar setzt sich neben den Fahrer. Auch dieser schenkt ihm keine Beachtung.

«Lassen Sie einfach den Motor laufen», weist Kapital den Chauffeur an und streichelt dem Tier über den Kopf. Kaspar blickt nach hinten. Kapital wird es nicht in die Ewigkeit schaffen.

Er kann seinen Körper nicht mehr kontrollieren – er hat sich gnadenlos gegen Kapital gewendet. Der Krebs frisst ihn auf. Ein von Krankheit gezeichneter Mensch in einer kranken Welt.

«Bin mir selbst ins Netz gegangen», sagt Kapital abwesend.

Kurz fallen Kaspar die Augen zu – als er sie wieder öffnet, steht er neben der Limousine, die sich allein auf einem weiten Parkplatz befindet. Durch die verdunkelte Scheibe kann er im Fond die Silhouette des Todkranken erkennen. Kaspar wendet sich von ihm ab.

Da hört er einen Knall. Die Süße bellt.

Langsam entfernt sich Kaspar von der Szenerie, klettert über einen hohen Zaun, dann über eine Mauer, geht mit raschen Schritten eine Straße hinunter, über einen Jahrmarkt, schaut den entgegenkommenden Menschen in die

Augen. Augen, die in hundert Jahren hoffentlich geschlossen sind.

Kaspar beginnt zu laufen, eilt einen Kanal entlang, durch einen Park, es folgen wieder Häuserzeilen und Straßen, diese Stadt – das ist nicht Genf – will kein Ende nehmen. Er wünscht, dass am Horizont bald das Meer auftaucht.

*

Es ist 07:21 Uhr. Kaspar, der Übergangsmensch in seiner Wohnung im vierten Stock eines Hauses mitten in Europa, sehnt sich danach, im Dunkeln zu liegen. Abgeschnitten von der Welt. In Gesellschaft nur von ein paar Glühwürmchen aus dem Garten seiner Großmutter, nach denen sie in seiner Kindheit abends gemeinsam suchten.

Schwerfällig erhebt er sich und klopft gegen die Leitungen, gegen die Wände. Wartet. Eine Reaktion bleibt aus. Er streicht über den Verputz, glaubt in ihm ein Gesicht zu erkennen: Josephine mit gesenktem Blick und geschlossenem Mund. In der gegenüberliegenden Wand sieht Kaspar sich selbst: mit seinen zwei Koffern vor dem Bahnhof einer verlassenen Stadt eines verlassenen Landes eines verlassenen Kontinents eines verlassenen Planeten. Niemand könnte ihn vom Mond aus mit bloßem Auge erkennen. Niemand würde ihn retten.

Der Schwerkraft ist nicht zu entkommen. Seine Konzentration und Kraft schwinden. Er kann nicht mehr. Brest liegt ferner denn je. Ein erneutes Zucken geht durch seinen Körper. Kaspar bricht neben dem Bett zusammen.

07:30 Uhr

Am Boden, neben Kaspars Kopf, liegt geöffnet sein Notizbuch: «Der Mensch hielt die Sonne an und setzte die Erde in Bewegung. Der Mensch stand auf dem Mond und träumte vom Mars. Der Mensch. Er vermehrt sich, gleichzeitig ist er dabei, sich aus der Welt zu schaffen. Er wird ein erstaunlicher Zeitgenosse gewesen sein. Die Frage sei erlaubt: Wozu dieses unendliche Ausmaß? Man hätte doch einfach ein schönes Riesenrad aufstellen können. Aber gleich ein ganzes Universum ...»

Es flimmert vor seinen Augen. Kaspar zittert vor Erschöpfung. Ihm ist schwindlig. Als hätte er auf einem immer schneller drehenden Karussell das Bewusstsein verloren und läge nun daneben. Wie ein vergessenes, todmüdes Kind in einem menschenleeren Vergnügungspark.

Kaspar schreckt nochmals kurz auf. Sonnenstrahlen treffen sein Gesicht – ist er erwacht?

Er sinkt zurück. Der Mensch, das weiche Ziel.

08:30 Uhr

«Wir müssen jetzt los. Brest wartet. Klingle nochmals, bis Kaspar erwacht.»

12:00 Uhr

Liebster Kaspar,

in einem Café in Berlin frage ich mich, wie man nach langem Schweigen einen Brief an einen Vertrauten beginnt. Ja, ich habe versucht, Dich zu vergessen. Doch eigentlich habe ich das Gespräch mit Dir nie abgebrochen. Du musst maßlos enttäuscht sein von mir.

Heute Morgen bin ich in Berlin gelandet. Ich bin unterwegs zu den Anderen. Auf dem Weg durch dieses verletzte, wunderschöne Europa. Ob Du von den Anderen gehört hast? Ich glaube daran. Zu verlieren habe ich nichts. Mit meiner Familie habe ich endgültig gebrochen. Nur mit meiner kleinen Schwester stehe ich noch in Kontakt. Sie lebt zum Glück weit fort von unserem Clan.

In meinem Herzen habe ich nie aufgehört, mit Dir zu reden – über uns, über den Gang der Welt, über Käuflichkeit, über Erfüllung, Geld und Macht. Es ist doch so ähnlich, wie ich es letztens irgendwo gelesen habe: Die Gehirne aller Menschen bilden ein großes Gehirn!
In Gedanken stritt ich auch mit Dir. Wir sprachen darüber, wieso es kein menschliches Vorankommen gäbe. Wieso wir auf der Stelle treten. Du sagtest: «Die Menschheit lernt aus der Geschichte, um das Gelernte wieder zu vergessen.» Ich hielt dagegen: «Das kann so befreiend wie zerstörend sein.» Zynisch gabst Du zurück: «Gott ist groß.»
Du weißt, ich glaube. Ich glaube, Gott ist einfach da. Dass er direkt ins Leben eingreift, darf niemand erwarten. Er sieht Schönheit wie Schrecken. Steht darüber. «Aber warum betest du dann?», fragst Du. Da ist eine Kraft, für

die ich keine Worte habe. Ich zweifle fast nie an ihm, aber Gott lässt mich zweifeln. An mir, an den Menschen. Die Wahrheit muss immer wieder von neuem erkämpft werden.

Der Anblick meines erschossenen Großvaters liegt seit meiner Kindheit wie ein Schatten auf meiner Seele. Ich habe Dir davon erzählt. Er steht mir bis heute bei. Als Du und ich mal in Lausanne am See spazieren gingen, fragte ich Dich, ob Du glaubst, dass der Kapitalismus den Menschen überwinden werde. Wir mussten lachen. Der Kapitalismus, die Gier haben meinen Großvater umgebracht.

Ich glaube, Ehrgeiz ist der Ursprung aller Probleme. Sobald wir geworden sind, was wir sein wollten, ist es uns schon nicht mehr genug. Tatsächlich scheint mir, die Menschheit ist so weit gekommen, weil sie nie zufrieden ist. Wenn wir uns alle schlagartig für nichts Besonderes hielten ... der Weltfrieden würde ausbrechen.
Ich frage mich, warum wir uns die Sehnsucht nach unserem Ende nicht einfach eingestehen können. Die Sehnsucht, endlich von uns selber frei zu sein. Nicht mehr sein müssen, nicht mehr besser werden müssen. Nicht mehr Mensch sein müssen.
Kurz bevor ich mit meiner Familie brach, kamen mir Deine Worte über die «sogenannten Werte» in den Sinn. So hattest Du sie hässig bezeichnet. Du hattest gesagt, dass nichts größer sei als die Angst, vor denjenigen für die eigenen Werte einzustehen, von denen man lange dachte, dass sie diese eigentlich mit einem teilen. Bis man plötzlich rausfindet, dass dem nicht so ist. Leere Bekenntnisse.

Unsere langen Gespräche fehlen mir sehr. Oft hielt ich meine Hände ineinander und stellte mir vor, es wären Deine. Ich bat Dich um Rat. Ich setzte mich unter einen Baum und stellte mir vor, er sei Du. Wie ich es vermisse, über Deinen Rücken zu streicheln, von Dir an der Stirn berührt zu werden.
Ich habe Angst, Dich wiederzusehen. Was bliebe von unserer Liebe dann noch übrig? Wir haben uns immer nur für ein paar Tage und Nächte gesehen. Ich fragte mich, was der Alltag aus uns machte, ob wir uns selbstverständlich würden, bevor wir einander noch näherkämen.
Wie tief enttäuscht bist Du von mir? Ich wollte Dich nicht in Gefahr bringen. Ich habe Dich in Gefahr gebracht. Eine Liebe wie unsere war ein Aufstand gegen die Vernunft!

Tage nachdem wir uns in Zürich verabschiedet hatten, stand ich am Meer, hielt mir die kühle Mündung einer Pistole an den Kopf. Ich wollte so nicht weiterleben. Traute mir selbst nicht mehr. Gott hatte mich verlassen. Ich war nirgends mehr zu Hause.
Ich nahm mehr Medikamente, mehr Drogen. Die Männer, die ich vor und nach Dir hatte, gehörten zur Fassade, um mich nicht ganz zu verlieren.
Lange habe ich mir eingeredet, dass ich leiden muss, um vom Leiden befreit zu sein, im Unglück hielt ich das Leben besser aus. Ich wollte mich zerstören, um mich nicht mehr zerstören zu lassen. Verstehst Du das, Kaspar?

Ich diente meinem Vater, meinem Bruder. Meine Mutter spielte mit, meine kleine Schwester verstand damals noch nicht, worum es ging. Mein Körper gehörte der Organi-

sation. Dem Schweigen. Ich musste lernen, dass mein Vater ein Verbrecher ist, dem Verbrechen diente, ich selbst zur Verbrecherin wurde. Ich kannte nichts anderes. Das war meine Normalität.
Ich musste erst lernen, dass mein Körper und mein Geist niemandem außer dem Leben und dem Tod gehören. Niemandem außer Gott. Ich wollte mich nicht mehr länger von meiner Herkunft abhängig machen.
Es gibt Dinge, von denen könnte ich erst sprechen, wenn wir uns wiedersähen.
Ich habe keine Angst vor dem Tod.

Als ich heute früh erwachte, hatte ich plötzlich vor Augen, wie ich einmal schweigend über die Narben Deiner Hände strich. In solchen Momenten war ich angekommen. Das war in der Nähe von Messina, vor vielen Jahren: Ich hatte Dir auf der Gitarre ein Lied vorgespielt, ein Stück für meine kleine Schwester. Später bist Du im Auto meiner Cousine eingeschlafen – Dein schlafendes Gesicht war mein Frieden.
Entschuldige mich! Ich spreche zu Dir, als wäre keine Zeit vergangen. Aber ich konnte mich erst jetzt wieder bei Dir melden. Wo ich endlich bei mir bin.
Vielleicht hast Du ja inzwischen Dein Glück und Deinen Frieden gefunden. Ich würde Dir das nicht streitig machen wollen.
Ich betete oft für Dich. Wie erinnerst Du Dich wohl an mich nach so vielen Jahren?

Jetzt, da ich hier sitze und schreibe, fällt mir ein, wie Du mir einst ein neues Gedicht vorgelesen hast, mein Kopf lag auf Deinem sich hebenden und senkenden Bauch.

Damals spürte ich zum ersten Mal, seit ich auf dem Schoß meines Großvaters gesessen hatte: Liebe kann heilen – heilig ist mir unser Einverständnis bis heute.

Falls Du inzwischen noch nicht zur Vernunft gekommen bist, wünsche ich mir nichts mehr, als Dich wiederzusehen. Ich will mit Dir sein – das verspreche ich Dir.
Ich hoffe sehnlichst, diese Zeilen erreichen Dich, und sende sie an Deine letzte mir bekannte Postadresse.

Ich werde übermorgen in Brest eintreffen. Brest ist klein.

Tausend Küsse,
Deine Josephine

21:21 Uhr

Liebste Josephine,

wir warten in Paris, im Gare de Lyon, auf unseren Fahrer. Viel Militär, viel Polizei. Wankender Kontinent. Wir, das sind zwei Frauen, zwei Männer und ich. Eine der beiden Frauen habe ich vor drei Wochen einmal am Zürichsee getroffen, die übrigen drei erst vor Stunden kennengelernt. Wir sind auf dem Weg zu den Anderen. Worauf wir fünf uns einlassen, kann ich Dir noch nicht sagen. Zu meinem Erstaunen fühle ich mich im Moment erleichtert, gar ruhig, in dieser so aggressiven Stadt. Vielleicht, weil ich bereits die Wellen an die Hafenmauern von Brest schlagen höre. Dass wir unterwegs nach Brest sind, dürfte ich Dir nicht erzählen. Aber für Dich breche ich den Codex.

Ach, Josephine! Wie sehr ich Deinen Blick, Deine Nase, Deinen Mund, Dein Lachen, Deine Gedanken, Deine Schönheit, Deine Küsse vermisse. Ich glaube, ich habe letzte Nacht nur dank Dir durchgestanden. Der Glaube, dass wir trotz allem zusammengehören, hat mich kämpfen und heute Morgen aufbrechen lassen – als ich meine Wohnung verließ, spürte ich, dass Du noch lebst und dass es Dir besser geht. Ich wollte Dich in den letzten sechs Jahren verdrängen, in den letzten zwei habe ich es beinahe geschafft. Gestern Nacht bist Du zurückgekehrt.
Am Abend, beim Packen, fand ich im Schreibtisch einen Brief, den ich Dir vor ungefähr sechs Jahren geschrieben hatte und nie abschickte. Unerwartet warst Du wieder ganz da. Ganz abwesend. Ich musste an die Gedichte denken, die ich vor fünf Jahren für Dich geschrieben hatte

und kurz darauf verzweifelt und wütend verbrannte. Dann ging ich schlafen.
Als ich viel zu früh aufwachte, aus einem Albtraum, war es, als hätte die ganze Welt in mich Einzug gehalten. Ordnung und Chaos wurden eins. In meinem Kopf, vor meinen Augen, in meinem Körper war zeitweise die Apokalypse. Die Vergangenheitsapokalypse. Die Jetztapokalypse. Die Zukunftsapokalypse. Ich war dem Tod nahe, dem Befreier, dem Freitod, der Freiheit, dem Tröster. Alles in einer Nacht.

Vielleicht ist dieser Brief ein Selbstgespräch, während dem ich hoffe und wünsche, Du lauschst mit. Bei einer unserer letzten Begegnungen sagtest Du zu mir: «Du analysierst noch, ich beobachte schon.» Eventuell hast Du recht damit. Bin ich ein Narr? Vermutlich.
Ich wünschte, ich könnte einfach wieder glauben. Wie ein Kind. Aber ich bin ohne Trost vor dem, was ich weiß, ohne Trost vor mir, ohne Trost vor der Evolution.
Dass Du glaubst, hat mir immer Hoffnung gemacht. Als ich Dich fragte, wie ein Gott bei all dem Leiden nicht handeln könne, meintest Du, die Menschen hätten alle Freiheiten. Im Bösen wie im Guten. Das Paradies sei nie auf Erden gewesen, erst im Himmel würden wir erlöst sein.
In meiner Erinnerung ein Bild, das heute auf dem Weg nach Paris lebendig wurde: Als wir eines Morgens in Marseille auf einen Balkon getreten waren und ich Dich hochgehoben hatte, berührte das Kreuz, das um Deinen Hals hing, meine Lippen. Du warst die hellen Wolken am Himmel, die dunklen in meinem Herzen, meine Erfüllung.

Mehr als einmal träumte ich von Deinem Tod. Du warst das Andere und Du bist es weiterhin – ich will Dich noch einmal sehen, sei es auch nur, um von Dir Abschied zu nehmen. Eine Enttäuschung, die mich vielleicht trösten würde. Vielleicht auch Dich. Aber daran will ich gar nicht denken. Der Gedanke schmerzt.

Seit ich sechzehn bin, fühle ich mich in Zürich nicht mehr zu Hause. Fühlte mich nirgends mehr wirklich zu Hause bis ich Dich traf. Ich habe Dir das nie erzählt, aber jedes Mal, wenn wir zusammen waren, sind meine Ängste kleiner geworden. Durch Dich wurde ich stärker. Dachte, dass meine Geschichte überhaupt erst durch Dich beginnen würde – und ja, ich könnte Dir auch einen Vortrag darüber halten, was aus Vernunftgründen gegen unsere Liebe spricht. Aber dieser Vortrag bedeutete mir nichts!

Ich erinnere mich an unser Versprechen, gemeinsam gegen den wiederkehrenden Faschismus zu kämpfen. Was für ein Versprechen! Hätte ich den Mut dazu gehabt? Ich sah unsere beiden Körper damals nebeneinander in einem Feld liegen. Auf der Flucht erschossen. Was uns damals nicht bewusst war: dass der Faschismus nie verschwunden ist. Er hielt sich nur bedeckt, und trägt heute auch noch andere Masken als früher.
Ich glaube, das Bedürfnis nach Sicherheit ist hauptverantwortlich für alles Zerstörerische am Menschen. Das Bedürfnis nach Besitz. Beschämt erinnere ich mich daran, wie ich Dich einmal in einer Bar in London zu sehen glaubte, wie Du die Arme um den Hals eines Mannes leg-

test, mir wurde kalt. Ich hasste Dich. Ich hatte kein Recht dazu. Verzeihe mir.

Ich glaube, man täuscht sich ständig selbst. Argumente sind aus Sprache gemacht. Sie wollen gewinnen. Reden in Argumenten heißt doch nichts anderes, als in den Krieg zu ziehen. Josephine, ich habe Angst, wie sich alles entwickelt. Was technisch möglich ist, wird geschehen. Es war nie anders. Überhaupt, wer will sich schon eingestehen, dass das Böse auch in den eigenen Genen wohnt? Es ist ein Elend. Es ist der Mensch. Die Menschheit ist das erfolgreichst gescheiterte Projekt aller Zeiten! Und dennoch bleibt sie ein Rätsel. Ich zweifle, ob unsere Spezies zu retten ist – bin ich militant?
Dass ich mich mehr auf mich und mein Umfeld konzentrieren solle, würdest Du mir vielleicht jetzt raten. Über die gewaltige Unschärfe des Begriffs «Wir» machte ich mir die ganze letzte Nacht auch Gedanken. Ich glaube, ich habe mich frei gekämpft.

Ich bin zu den Anderen aufgebrochen. Sie machen mir Mut. Trotz allem. Noch vor Stunden hätte ich nicht geglaubt, es zu schaffen. Wie können wir den Humanismus retten? Wie begründet man eine Gegenreligion zum Wachstum? Fragen, so grotesk groß wie unbeantwortbar. Und doch will ich mit den Anderen nach Antworten suchen. Ich spüre, ich bin bereit, Opfer zu bringen. Wenn wir nur den Verstand hätten, wir wären ohne Hoffnung!

Du hast mich doch mal gefragt: Alleine überleben oder gemeinsam verglühen? Jetzt kennst Du meine Antwort. Ich vermisse Dich wie niemanden zuvor. Das Leben aufschieben, um den Tod zu verdrängen, und dann beides verpassen – das will ich nicht mehr!

Nun muss ich los. Ich schicke diese Zeilen an die einzige Adresse, die ich von Dir habe (die Deiner Cousine). Morgen werde ich in Brest eintreffen. Etwas tief in mir sagt, Du wirst auch da sein.

In Liebe,
Kaspar

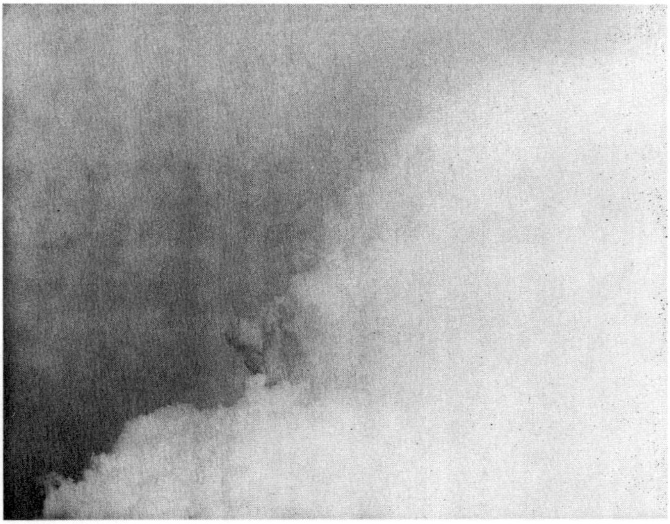

Ebenfalls bei Zytglogge erschienen

Lukas Holliger

Das kürzere Leben des Klaus Halm

Roman

ISBN 978-3-7296-0949-5 (geb. Ausgabe)
ISBN 978-3-7296-0979-2 (Taschenbuch)

Ein arbeitsloser Filmvorführer verschanzt sich in seiner Wohnung in Basel. Nur das Arbeitsamt oder die Einsamkeit treiben ihn aus dem Haus. Eines Tages fällt ihm ein Mann ins Auge, den er von nun an verfolgt: Klaus Halm. Dieser wirkt bei aller Unscheinbarkeit wie sein exaktes Gegenbild, denn mit Frau, Kind und Arbeit hat er alles, was dem Erzähler fehlt.
Immer weiter versenkt er sich in das minuziös beobachtete Leben des Klaus Halm, und am Ende ist sich nicht nur der Erzähler unsicher, wer hier eigentlich wessen Leben lebt.

Lukas Holliger ist ein oft gespielter Dramatiker mit Aufführungen am Bremer Theater, Schauspiel Leipzig, Theater Konstanz, Paramithias Theater Athen, Luzerner Theater, Theater St. Gallen, Heidelberger Stückemarkt, den Hamburger Autorentheatertagen. ‹Das kürzere Leben des Klaus Halm› ist sein Romandebüt und wurde 2017 für den Schweizer Buchpreis nominiert.

Ebenfalls bei Zytglogge erschienen

Mirko Beetschen

Bel Veder

Roman

ISBN 978-3-7296-0997-6

Herbst 1946. Der greise Besitzer eines seit Jahrzehnten leerstehenden Grandhotels in den Bergen des Berner Oberlands verschwindet spurlos und wird für tot erklärt. Seine Enkelin Eleanor reist gemeinsam mit ihrer Zwillingsschwester aus Baltimore an, um das Erbe anzutreten. Im abgeschiedenen Hotelpalast trifft sie auf weitere, ihr bis dahin unbekannte Familienmitglieder. Die Zweckgemeinschaft richtet sich bis zur Testamentseröffnung in den leeren Räumen ein und träumt von wiedererweckter Grandezza. Doch Eleanor fühlt sich in der fremden Umgebung zunehmend bedroht. Die Bergwelt ist ihr unheimlich, die verlassenen Zimmer und verwinkelten Gänge des riesigen Hauses verunsichern sie: Ist das alte Gebäude wirklich so verlassen, wie es scheint? Als ein furchtbarer Unfall geschieht und der unerwartet hereinbrechende Schnee das Hotel von der Aussenwelt abschneidet, eskaliert die Situation.

Raffiniert arrangiert der Autor die Motive und Stilelemente der klassischen Schauerliteratur zu einem atmosphärisch dichten, packenden Roman, der garantiert keine Gutenacht-Geschichte erzählt.

Ebenfalls bei Zytglogge erschienen

Alexandra Lavizzari

Und Harry?

Roman

ISBN 978-3-7296-0966-2

Eine Siebenjährige findet ihren Vater tot im Garten. Er liegt erschossen vor den Sträuchern, die er eben noch geschnitten hat. In der Hand hält er eine eigenartige Holzfigur, die das Mädchen reflexhaft einsteckt und der Polizei später verheimlicht. Der Mord bleibt unaufgeklärt. Das Trauma ihrer Kindheit lässt die Erzählerin nicht mehr los. Längst erwachsen geworden, nimmt sie von Basel aus die Ermittlungen wieder auf. Die Holzfigur sowie ein altes Foto, das ihren Vater in jungen Jahren mit einem ihr unbekannten Mann zeigt und auf der Rückseite den Vermerk «Mit Harry, Pentyrch/Cardiff 1949» trägt, weist schliesslich nach Wales. Liegt hier der Schlüssel, um dehn Fall zu lösen? Wer ist Harry? Weiss er etwas und wo ist er zu finden?

Alexandra Lavizzari führt ihre Ich-Erzählerin auf eine atemlose, verschlungene Suche nach dem Mörder ihres Vaters und nach dem eigenen Seelenheil.

Autor und Verlag danken für den Druckkostenbeitrag:

SWISSLOS
Kultur Kanton Bern

Kultur
Stadt Bern

Burgergemeinde Bern

Der Zytglogge Verlag wird vom Bundesamt für Kultur mit einem Strukturbeitrag für die Jahre 2016–2020 unterstützt.

FSC www.fsc.org
MIX
Papier aus verantwortungsvollen Quellen
FSC® C083411

Lektorat: Oliver Ilan Schulz
Umschlag: Anne Hoffmann und Jürg Halter
Coverbild und Bild auf Seite 227: Ester Vonplon
Layout/Satz: Melanie Beugger
Druck: CPI books GmbH, Leck

ISBN: 978-3-7296-0999-0

www.zytglogge.ch